小説版　韓国・フェミニズム・日本

小説版　韓国・フェミニズム・日本　目次

チョ・ナムジュ「**離婚の妖精**」小山内園子／すんみ＝訳

조남주 / 이혼의 요정

その女の夫

約束した時間を二十分ほど過ぎたところで、ひどい渋滞だという二度目の携帯メールが入った。そんなだから離婚されるんだよ。残りの氷をぼんやりと噛《か》むうちに、それでなくてもエアコンの風で背筋がひんやりしていたところだったから、口の中までじんじん凍りつく気がした。ふいに鼻を鳴らして笑ってしまった。僕だって、離婚されてんだよな。

あときっかり五分だけ待ったら帰ろう。アラームアプリを開いてタイマーをセットした。五分だけと決めるのにかかった時間と、アプリを開きタイマーをセットするまでの時間を差し引いて四分四十秒に設定した。スタートボタンをタッチしたそのとき、入口のドアに下がっていた小さなベルがカランコロンと音を立てた。必要以上にドアを押し開けた男が、これ見よがしに息を切らして入ってくる。携帯電話に耳をあてていると思ったら、テーブルの上に置いてあった僕の携帯が振動してくるりと左に半回転した。急いで取り上げて後ろポケットに突っ込んだ。あいつか。あー、なんか合わなそうだな。

男は首をかしげ、携帯を両手で持ちなおした。メールを打っているらしい。すぐに、尻にジジジジという振動を感じた。一瞬うなじが強張るが、なんとか平然を装う。男はカフェを見回して、ゆっくりとこちらへやってきた。

「もしかして、ダインちゃんのお父さん？」

「ああっ、はい。ヒョリムちゃんのパパ、で？」

面と向かって違うとは言えなかった。

「電話には、でないんですね」

「でない」を強調するような口ぶりに、こちらが咎《とが》められている気がした。落ち着いて、気がつかなかったもので、と答えた。男は顔の右半分をひきつらせ笑顔を作った。二十分も遅れてきたくせに、ケンカ腰とはな。ポケットから携帯を取り出し、メールを確認した。

「メールいただいてたんですね？　あー、道が混んでたんですか。夕方の永登浦《ヨウドウンポ》はシャレになんないですもんね。だから僕なんかは、ちょっと余裕をもって出てきたわけですけど。まあ、ラッシュアワーに混んでないとこはありませんしね」

彼の顔の右側がさらにひきつる。

「注文してきてくださいい。向こうのはじっこでできますよ」

最近のカフェは先払いだからどれほど気が楽か。こうやって少し早めに来て、先に飲んでいればいいのだ。コーヒー一杯をおごりたくないわけではないが、レジの前でのあのぎくしゃくした感じが嫌だった。俺が払うからいいって。いやあこっちが出すよ。じゃ、自分の分は自分で払うからさ……。絶対にああいう真似はしたくない。相手が先に出すと言えば遠慮はしない。自分のほうが先にレジに着けばカードを出すが、相手がこっちの腕をとって止めればそれも遠慮しない。それぞれ別でとなれば自分の分だけ払う。そうやって言われたとおりにしていたのに、気がつけばケチ扱いだ。ったぐ。

彼は椅子《いす》を引くと、どっかりと腰掛けた。

「走ったせいでずいぶん水を飲みましたからね、遠慮しときますよ」

そして、ここぞとばかりに持っていたミネラルウォーターをテーブルの上に置いた。店に入ったらそこで金を使うのがあたりまえだろうに。まったく嫌な客だ。とはいえ、言ってみれば自分はこの男と同類なのだ。いくらでも味方になり、協力して問題を解決したり、互いの傷だって舐《な》めあうことができるはずだった。だが一目見て無理だと思った。この男の手つき、身振り、表情、声、口調、言葉の選び方……全部が全部、とにかく妙に嫌だった。

　彼はペットボトルの青いフタを開け、三分の一ほど残っていたミネラルウォーターをいっぺんに流し込んだ。

「お宅の奥さん、じゃなかった、元カミさんか。は～あ。つまりアレだ、ダインちゃんのママとは、連絡、とられてます？」

「人を呼びつけたら、先に挨拶して、自己紹介をしてから要件に入るのが筋ってもんだと思いますよ。そんなふうにいきなり個人的なことを聞かれても困ります」

「おっと、なんかずいぶんな勘違いしてらっしゃるようですけどね。こっちが頼み事があるとか、助けてほしくてこうしてるんじゃないんですよ。だまってハイハイ言ってたうちのヤツを、お宅の奥さんがそそのかしたって話をしに来たんですからね。おかげでうちがメチャクチャになったってことも。謝罪してもらって、どう責任とって事態を収拾するつもりか、ハッキリした答えを伺いたいってね」

「彼女はもう僕の妻ではありません。厳密にいえば元妻でしょうが、そう呼ぶのもどうかって感じなんです。一緒に暮らしていた時間より、そうじゃない時間のほうが長いくらいですから」

彼はまたペットボトルを口に運んでグイッと首を後ろに反らしたが、中身が空《から》だと気づくとすぐにグシャリと握りつぶした。

まあ、よくある家庭だった。

「ずーっと向こうに見えるでしょ、プルジオ。あの水色の建物の脇に、チラッと見えるマンションね。あれがプルジオで、だいたい二五〇〇世帯くらいかな。いまあそこ行って、どこんちでもいいから適当に、ほんとに適当に玄関チャイムをピンポーンって押したら出てくる家族みたいな？　わかります？　どういう意味か。そういう家だったんですよ、うちの家庭はね」

彼、ヒョリムパパは友人と小さな事業をやっていた。事業をする人間がみんなそうであるように、収入は一定ではなかった。いいときは一か月でそこそこの外車一台分くらいの金が面白いように入ってくるが、ダメなときは年に千ウォンも稼げない。だが平均すればかなり有能な家長だった。稼ぎが多かったり少なかったりすることに、ヒョリムママも特段文句を言わなかった。彼は妻が生活をどう切り盛りしているか聞いたことはなかったし、悪いとも思っていなかった。そのかわり稼ぎがいいとき威張《いば》りちらすようなこともなかった。

社会に出た男がみんなそうであるように、たまには女も作った。

「男はみんなそう、ですって？　いやあ、なかなかなことおっしゃいますね。僕の周りにはそういう人間、一人もいませんよ」

「いたっていないフリをするもんでしょうが。ま、ともかくね」

深い付き合いや長く続く関係ではなかった。行きずりの気分転換程度。相手の数も多くはなかった。だが、そのうちのある女の亭主が面倒を起こした。当事者の女やヒョリムパパではなく、ヒョリムママのところへ行って洗いざらいぶちまけ、責め立てた。ヒョリムママは娘を連れて実家に戻った。幸い父親が、一生で一度も間違いを犯さない男がどこにいると娘を強く叱り、家へ送り帰した。帰ってきたヒョリムママはたった一言だけいった。これ一度きりじゃないことは、わかっているのよ。

思春期の子どもを育てる親ならみんなそうであるように、ヒョリムに厳しくあたったこともあった。母親があまりにだらしなかったからだった。毎日の生活も、勉強も、進路も、子どもの言うがままになっていた。あげくの果てに夕飯の献立一つ母親だけでは決められない。このままでは子どもに良くない癖がつくと、ときどき彼が躾《しつけ》をした。だからといって暴言を吐いたり、めったやたらに殴ったりしたわけではない。ルールに則って決まった道具だけを使っていた。どこからか手に入れた直径一センチの指揮棒で、いつもふくらはぎだけ。勉強をしていないときは一発、約束を破ったときは二発、嘘をついたら十発。十発は一回きりだ。

「なあに、塾の特別講習があるって嘘ついてコンサートに行ったもんでね。それも、若い娘っ子が出るヤツですよ。塾に行ったはずが妙に顔赤くしてニヤついてるから、ハハーンと思ったわけだ。かばんをひっくり返してね」

「大きくなってくれば誰でも一度くらいは芸能人に夢中になるでしょう。僕だって子どもの頃は、〈歌謡トップテン〉の観覧に行きましたし。ダインだって先月コンサートに行ってましたよ。僕が体操競技場まで連れて行ってやりましたから」

「私は少し保守的なんですよ。ガキが色気づいたり、化粧したり、芸能人にキャーキャー言うのには黙っていられないクチでね」

よくいる夫だし、父親だった。もともと人あたりがよくないだけで、家庭内で不和が起きるということもない。彼はきちんきちんと稼いで家族に何一つ不自由な思いをさせず、彼の妻は家のなかを塵《ちり》一つなく磨きあげ、料理をし、子育てをする。賢い娘の将来の夢は医者だ。病弱な母親が病気でつらい思いをしないようにしたいと。本当に、絵に描いたように美しい家庭じゃないか！

それなのにある日突然、ヒョリムママは娘を連れて家を出た。慰謝料も財産分与もいらないから離婚だけしてくれという。なんの問題も不和も不満もなく暮らせていたものをなぜ？　離婚というのはそんなに気安く口にしていい言葉なのか。無職で金もなく、十年以上家のことばかりやってきた専業主婦が、さかんに金のかかる時期の娘まで連れて出ていって、どうするつもりなのだ？

妻と娘は電話番号まで変えていた。まず義父に聞いてみようかと思ったが、下手をすると義理の両親は何も知らない可能性がある。変に難癖《なんくせ》をつけられるのも嫌で、妻の妹に電話を入れた。

「お姉ちゃんの電話番号をどうして私に聞くんです？」

「知っててわざとそういう言い方してんの？　それとも、何も知らないのかな」

「どのことですか？　お姉ちゃんが流産したこと？　それとも、お義兄さんにこっそり妊娠させられてたこと？　ええ。私は知りませんねえ」

僕は唖然《あぜん》として、こっそり妊娠させるってどういう意味かと聞き返した。ヒョリムパパは大きな笑い声を立て、パイプカット手術をしたと偽わって二人目を作ったんだと言った。

「うちのがしっかりしてないから、すぐに流産しましたけどね。まったく、人並みのこともできない女なんですよ」

「パイプカットしたって奥さんに嘘ついたってことですか？　嘘をついたらふくらはぎ十発の刑なんでしょう？」

愉快な冗談でも聞いたかのように、彼はゲラゲラ笑った。彼の妻は体が弱い。だが特別持病があるというわけでもない。いつも鬱々《うつうつ》とふさぎこみ、眠れず、食べられず、しじゅう頭痛と消化不良を訴える程度だ。ヒョリムを授かったときにつわりと妊娠糖尿病で散々苦しみ、二人目は産めないとはっきり彼に言っていた。

はじめは彼も、一人をしっかり育てればいいと思っていた。赤ん坊の頃はおとなしかったし、もう少し大きくなると何にでも目をキラキラさせて可愛いかった。幸せだったし楽しかった。だが、娘は大きくなるにつれ母親の肩ばかり持ち、父親のことを隣の家のオヤジでも見るような目つきで見るようになった。頼りがいのある息子が一人いたらという気持ちはなかなか消えなかった。ヒョリムが九歳になった年、これ以上先延ばしにしていたら本当に手遅れになると考え、なんとなく言ってみた。妻は驚いて腰を抜かした。だから、他に手はなかった。

　それらすべてが離婚理由にされていた。ヒョリムママはこまめに通院して診断書をとり、写真を撮るだけでは飽き足らず毎日日記もつけていた。最近ではこっそり録音したり動画を残すようになっていたが、そのあたりからダインママがかんでいるのだろうと踏んでいる。ダインママは些細《ささい》な過ちを騒ぎ立て、ヒョリムパパを問題のある人間に仕立ててあげた。証拠を集めろと助言した。離婚をそそのかした。家を出る手助けをして居場所も用意した。弁護士費用も出しているらしい。

　数日前、法律事務所の事務長を名乗る人物がヒョリムパパの会社に訪ねてきた。

「私は今回、相手方の法律事務所の事務長という立場ではなく、同じ男性としてお伺いしたんです。裁判でお勝ちになるのは、難しいでしょう」

　担当は指折りの離婚弁護士だという。よく名前の知られた芸能人、スター選手、映画監督、政治家の離婚を成立させている。事務長を離婚させてくれたのもその弁護士だったらしい。状況と証拠が充分そろっている上、娘のヒョリムも、両親の離婚を強く望んでいる。

「いやいや、うちのヒョリムがそんなこと言うわけありませんよ」

　事務長はふくらはぎの痣《あざ》を写した写真を取り出した。何も言えなくなった。

「慰謝料がほしいというんでも、財産分与してくれというんでもない、ただお子さんを手元に置けるだけでいいんだそうです。私から見ましても、今の条件で合意するのが最善の策だと思いましてね。社長さん、今年おいくつですか？」

「四十五ですが」

「四十五っていったら働き盛りだ。よくお考えになって下さい」

ひょっとしたら昔の、あの、事務長では？　僕は、火傷の痕《あと》かなにかで左だか右だか、とにかく片方の眉毛が半分しかない、僕らと同世代の男じゃないかと聞こうとしてやめた。そう聞けばヒョリムパパは、裏にダインママがいることに確信を持つだろう。実のところ、僕もそう思うし。不意に、あのつらかった日々がよみがえった。ぼんやり物思いにふけっていると、ヒョリムパパが質問してきた。

「で、お宅、養育費はちゃんと払ってます？」

「はい？」

「養育費ですよ。あれって、慰謝料や財産分与とは全く別モノなんでしょ？」

クズめ。

「もちろんです。あたりまえじゃないですか！　税金を払うのを忘れても養育費は絶対に払いますよ。もともと二週に一度はダインと会う約束になってますし、それよりしょっちゅう顔を合わせてますからね。塾の終わる時間に迎えに行って家まで送っているし、ダインが僕の会社まで来て食事だけして帰ることもあります。電話、カカオトーク、毎日してますから」

ヒョリムパパが大きく肯《うなず》いた。話の感じからすると、僕を介してヒョリムママに離婚を思いとどまらせようということではないらしい。だったらなぜ、僕に会いたいと言ってきたのか。

娘、ダイン

自分から会いたいと言いだせばダインが変に思うかもしれないと、ひたすら待っていた。金曜の午後、カカオトークが来た。「パパ、明日ステーキ屋さん行こう」。すぐに、そうしようと返事をする。「THANK YOU」の文字がプラカードのようにパッと広がる、大きなスタンプが届いた。「遅いと混むから、十一時に迎えにこれる?」。今度もすぐに、そうしようと答えた。

はじめの頃はダインと会うたびにイベントを用意していた。博物館、美術館、水族館、動物園、映画館、各種体験館……。プレゼントもたくさん渡した。そんなある日、ダインがスーパーに行きたいと言い出した。

「ママが、一緒に住んでたときみたいにしたらって。週末はめいっぱい寝坊して、スーパーに行って終わりだったでしょ、って。ママとパパはもう家族じゃないけど、ダインとパパはいままでどおり家族なんだから、休みの日に家族ですることをただすればいいんだよって」

スーパーに寄り、カートにスニッカーズ一袋と黄砂《こうさ》用のマスク、スパゲッティとパスタソースを入れた。メンディングテープがなくなったというので、ドーナツ型のテープカッターと三巻入りの詰め替え用も入れた。そしてフードコートでトッポギを食べた。

ダインに別の予定がある日は、約束の場所まで送るだけにしている。道中車内で話し、手を振ってさりげなく別れる。僕に仕事が入った時は、特に気兼ねすることなくまた今度にしようと伝える。三回連続で約束を延期したとき、ダインは僕に、恋をしているのかと聞いてきた。

「恋はいつもしてるさ」

「また結婚するつもりって、ある?」

「絶対しなきゃ、っていうんでもないけど、絶対しないぞ、っていうんでもないなあ。ママはどんな感じ?」

「ママは結婚、できないよう」

そういってフッと笑ったが、ダインの笑いの意味が、そのときは理解できていなかった。

ダインとヒョリムは四年生のとき同じクラスだった。ヒョリムが女子の学級委員長、ダインが副委員長だった。担任は、宿題を集めたり資料を運ぶ作業をヒョリムとダインに頼むことが多かった。やがて二人は親しくなった。その頃に母親同士の距離も縮まった。学級委員の親の集いがあったのだそうだ。

「ママがそんなとこに出席したの?　そんな集まりに?」

「そんな集まり?　そんな集まりってどんな集まり?」

同じ時期に住み込みのお手伝いさんが突然辞めることになったらしい。孫が生まれ、今後は息子の家に同居することになった。ダインが赤ん坊の頃から世話をし、家事まで引き受けてくれていた人だ。僕ら夫婦が離婚したときも彼女たちと一緒に家を出て、ずっとともに暮らしていた。ダインにとっては実の祖母も同然だった。お手伝いさんが辞めるとき、荷物の入った大きなかばんを提げたその胸にとりすがり、ダインはおんおん泣いた。
しょっちゅう遊びに来る、電話もいっぱいするとお手伝いさんは約束した。電話はしょっちゅう来たが、一度も遊びには来られなかった。孫が小さすぎて、連れてくるのも置いてくるのも難しかったらしい。ダインは誰を恨《うら》むこともできなかった。心がすりへり、小さな空洞がたくさん空いてしまったような感じだった。

なかなか条件に合う住み込みのお手伝いさんは見つからなかった。とりあえず週に三回、通いのお手伝いさんを頼んで掃除、洗濯、料理をお願いし、ダインはさらに二か所、塾通いを増やした。ダインママはできるだけ早く帰宅しようとがんばったが、なかなか思うようにはいかなかった。予定はしじゅう変更になり、ロケはいつも長くなり、徹夜作業がえんえん続いた。そんなとき、ダインはよくヒョリムの家で時間をつぶした。ヒョリムパパが出張の日に泊まったこともあった。

「ママが遅くなるんだったらパパのうちにくればいいのに、なんで友達のところに泊まるの？」

「ヒョリムのほうがラクチンなんだもん」

「パパより友達のほうが楽？」

「ハッキリいってパパと私、そんなに気楽な関係じゃないでしょ」

ヒョリムの部屋は寒すぎるからと、寝るときは両親の部屋で、ヒョリムママと三人一緒に川の字になった。真ん中にいたヒョリムはすぐ寝息を立てたが、ダインはずっと寝返りを打っていた。右手、左手、また右手とゴロゴロしていると、ヒョリムママが声をかけた。

「ダインちゃん、どうしたの？　眠れない？」

「はい」

ヒョリムママがすっと腕を伸ばし、ダインの肩をとんとんとたたいた。「ねんねん、ころりよ、おころりよ」

「おばさんのこと、思い出しちゃう」

「おばさん？　前にいたお手伝いのおばさんのこと？」

「はい。おばさんはいつも夕方シャンプーしてくれて、髪乾かしてくれて、ならんで寝っころがって、眠れるまで一緒にいてくれたんです。大きくなってからも」

ヒョリムママは、今度はダインの腕をゆっくりとさすった。

「だからダインちゃんはこんなに優しいのね。そのおばさんに感謝しなきゃね」

ダインはほんわりと心がほぐれた。目をつぶって楽しかったことを思い出していると、ヒョリムママがまた聞いてきた。

「ダインちゃんは何歳のときからママと二人なの？」

パパはどんな人？　最近もよく会ってる？　ママには今、お付き合いしてる彼氏いる？　ママっていつもあんなに忙しいの？　テレビ局のプロデューサーってどんなお仕事？　ママはどんな食べ物が好きで、どんな音楽が好きで、どんな映画が好きなの？　休みの日は何をしていて、眠るときはどんなパジャマを着てて、どんなハンドクリームを塗《ぬ》ってて、果物はよく食べるほう？　変なことを聞くなあと思いながらも、ダインは丁寧に返事をした。

娘二人と母二人で江原道《カンウォンド》を旅行したこともある。昼にマックックス【そば粉で作った麺を茹でて冷したつゆやキムチの汁をかけてから、野菜や茹で玉子などの具と一緒に食べる江原道の郷土料理】を食べ、雪岳山《ソラクサン》でケーブルカーに乗り、束草《ソクチョ》中央市場でホットク【シナモン入りの黒砂糖をパン生地に包んで、焼いたり揚げたりしたスイーツの一種】をつまんでタッカンジョン【骨なし鶏唐揚げを、水飴を混ぜた甘辛だれで炒めた料理。束草中央市場の名物として有名〕をテイクアウトし、リゾートホテルにチェックインした。ホテルの食堂で夕飯を済ませ、海辺を散歩し、カラオケで遊んで、ホテルに戻ってタッカンジョンを食べた。ヒョリムがヒョリムママに、めちゃいいでしょ？　めちゃ楽でしょ？　めちゃ楽しいでしょ？　と何度も何度も尋ねていた。ヒョリムママは静かに笑った。

「ヒョリムは旅行にいっても外食したことがないんだって。お米もおかずも調味料もぜーんぶ持っていって、ヒョリムのママがごはんからスープまで作るんだって。ご当地グルメとか食べたこともないって言ってた」

「なんでなの？」

「ヒョリムのパパが、そんなのお金のムダだって嫌がるんだって。そんなにおいしくもないのに、高い値段で売ってるからって」

やっぱりセコいヤツだ、と僕は思った。

ヒョリムとヒョリムママがダインの家で一緒に過ごす時間が長くなった。子どもたちは授業が終わると一緒にダインの家へ帰る。ヒョリムママがパンケーキやじゃがいもチヂミ、お餅《もち》の串焼き、フルーツヨーグルトなどのおやつを用意して二人を待った。ダインとヒョリムはテーブルに並んでおやつを食べ、ヒョリムママはその向かいに座って、嬉しそうな表情でコーヒーを飲んだ。

ヒョリムとダインはそれぞれの塾から帰ると、テーブルに向かい合って座り、宿題をしたりボードゲームをしたりマンガを読んだりした。そのあいだヒョリムママは、洗濯物を畳んだり掃除機をかけたりおかずを作ったりする。おだやかな、なんの変哲もない夕方だった。ヒョリムパパが長期出張へ行くことになり、ヒョリムとヒョリムママがダインの家で一か月近く一緒に過ごしたこともある。

「あのときね、すごくよかったけど、すっごく嫌な気分にもなったんだよね。ヒョリムのパパが超イヤで。いなくなればいいと思ったの」

「ヒョリムちゃんのパパには会ったことあるの？」

「ううん、ないけど。ずっとこうして暮らせないかなと思って。ヒョリムとママたちと四人でね。ヒョリムのパパさえいなければいいのに、どっかに消えてくれればいいのにって、ずっとそんなことばかり考えてたよ」

ヒョリムパパが消えてくれればという話より、「ママたち」という言葉が僕には妙に気にかかった。ママたち……。ママたちって？

ダインは母親の前で、ヒョリムパパがいなくなればいいのにとつい言ってしまった。叱られると思った。叱られると思いつつも、どうしてもがまんができなくて口にしてしまったが、叱られなかった。それから意外な展開になり、ダインの願いは叶えられた。春休みを控えたある日、ダインママがダインの手をぎゅっと握り、ふだんより一・二倍ぐらいの遅さでゆっくりと言った。

「春休みになったら一山《イルサン》に引っ越そうと思うのよ。六年生からは新しい学校に通うことになる。ヒョリムと、ヒョリムのママも一緒にね。ヒョリムはいいって。ダインさえよければだけど、四人で一緒に暮らそうとも思ってる。どう？」

ダインは力いっぱい肯いた。

引っ越し業者の人たちは、朝九時頃に到着した。

「ご主人はお仕事ですか？」

「ええ、会社が終わったらその足で新居に行くことになってます」

ダインママは平気な顔で嘘をついた。

「最近はみなさんそうなんですよ。奥さんもあとはこちらに任せて、ゆっくり別の用事をお済ませになってください。いまから不動産屋に行かれるんですよね」

ダインとダインママは、近所のスターバックスでサンドイッチを食べて少し休憩すると、不動産屋と住民センターに寄って必要な手続きを済ませた。

最後にリビングのテレビ台がはしご車に積み込まれ、下へと降りて行った。ダインママは床のあちこちに散らばったガムテープや紙くず、どこから出てきたかわからないビニール、ストロー、ヘアゴムを大きなゴミ袋に入れた。最後に各部屋とトイレを回って閉まっている引き出しや収納のなかを確認し、家を出た。

窓越しに漢江《ハンガン》を眺めたいと、ダインは母親の隣ではなく後部席に座った。ずっと泣きたかったし、わけのわからない不安で胸が押しつぶされそうだった。何度か深呼吸をして息を整える。五十分ぐらい車を走らせて新居に着いてみると、ヒョリムとヒョリムママが先に到着して二人を待っていた。ヒョリムママが突然泣き出した。ダインママが近づいてヒョリムママを抱きしめ、慰めた。

だから急に引っ越したのか。てっきり実家に助けてもらうつもりなのだとばかり思っていた。一山にはダインママの実家がある。

彼女はダインを産んでからたったの一か月で仕事に復帰した。子育ては自分にできる仕事とは思えないと言っていた。母親にもなってどういうつもりでそんなことを言うのか理解できなかったが、僕は彼女にもう少し体を休ませてからにしたらどうかと言った。だが彼女は、会社に復帰して、打ち合わせをして、ロケしていれば回復する体質だと言って譲らなかった。彼女はまず会社に復職願いを出し、それからベビーシッターを探した。簡単には見つからなかった。最後の砦の彼女の実家に助けを求めたが、あっさり拒まれてしまった。

「かわりにお金を出してあげるから。費用のことは気にしないで探してみて」

費用のことを気にしなかったらすぐに人が見つかった。それも韓国人の住み込みのお手伝いさんが。なんでもお金で解決しようとする年寄り。僕も将来そうなりたいものだ。いまダインが住んでいるマンションもあの年寄りが持っている物件のうちの一つだろう。以前住んでいた家もそうだった。

そ知らぬ顔でダインに尋ねた。

「じゃあ、ヒョリムちゃんのパパはどうしたの?」

「ヒョリムのとこ、パパとママが離婚しているところだって」

離婚しているところって、なんかの曲の歌詞でもあるまいし。

「ヒョリムちゃんはどう？　つらそうにしてない？」

「離婚するのに時間がかかっているのがイライラするみたい。ある日急にパパが学校に来そうで怖いって。でもね、離婚ってそんなに難しいものなの？　こんなに時間かかる？パパとママのときもそうだった？」

おまえたちは新人類だな。緊張と寂しさが半分ずつ入り交じったような気持ちでダインに尋ねてみた。ダインはどうだったのと。あのとき、どんなことを考えていたのかと。

「覚えてないよ。あたし、ちっちゃかったもん。離婚するなら子どもがちっちゃいときにするのがベストだと思う」

おまえは、まぎれもない新人類だ。

ダインママ、あるいはチェ・スヨン

僕は約束した時間よりも二十分早く着き、窓際のカウンター席に腰を下ろした。ガラス越しに横断歩道を見下ろしながらアイスコーヒーを一気に飲み干した。道路を挟んだ向こうの信号の下に、女が立っている。上から見ているためか、とても小さい。子どもっぽい感じがするというわけではなくて、小柄だなあとただ思う。女は腕を組んで立ち、片方の足で地面をコツコツやっている。見覚えのある様子だった。あ、スヨンか？

小柄な女が横断歩道を渡る。この建物に入ったらしく、姿はそれっきり見えなくなった。すぐにカツカツカツカツと階段を上ってくる軽やかな足音が聞こえてきた。つん。肩を突っつかれて振り返ると、彼女があごをしゃくって隣の丸テーブルに僕を促した。えっ、横並びに座りたくはないってこと？　それとも向き合って座りたいってことだろうか？　指し示された席に腰を下ろした。彼女は音を立てながらホットコーヒーをすすった。真夏でもホットコーヒーを飲むところは相変わらずだな。

「ダインの友達んちと一緒に暮らしてるんだって？」

「そう、この春から」

堂々としてるな。でもいまから僕の話を聞けば、ここまで堂々としてはいられなくなるだろう。

「その子の父親が僕のところに来たんだ」

「もう聞いてる」

聞いてるって？　僕は誰にも言っていないから、あの男があっちこっちに言いふらしているのだろう。ったぐ。むしろこちらのほうが慌てふためき、髪をかきあげたり椅子を引いたり手を振り回したりしてうっかりトレーを床に落としてしまった。彼女は落ち着いた声でこう付け加えた。

「迷惑をかけてごめん。もうそういうことはないと思う。うまく収めたから」

彼女がすっと唇をすぼませて笑った。あざ笑っているような気がした。あの笑いはどんな意味なのだろう。誰のことを笑っているのだろうか。

ヒョリムママとはじめて会ったのは、娘が四年生のときだった。

「知ってる。ダインに聞いたよ。学級委員のママたちの集まりがあったんだって？　大変だったろ」

「ううん、楽しかったよ。みんな子育て中だから話もよく合うし」

男子の学級委員長の母親が場をうまくさばいていた。最初の集まりで自然にみんなの年をオープンにさせ、誰が上で誰が下かを定め、呼び方を整理した。

「私が一番年上だし、上の子で経験済みだからクラス代表やるわ。副代表は、仕事してない人が手をあげてちょうだい。あんたは仕事してる？」

「あ、ごめんなさい。私は勤めてて」

「私に謝らなくったっていいわよ。でも、みんな仕事してるのかな？　ちょっとだけでも時間がある人はいない？」

「私がやります、お姉《オンニ》さん」

　ウンギョンが代表の肩にそっと手を載せながら優しい声で言った。ママ同士であんた、オンニ、と馴れ馴れしく呼び合っているところをよく見かけるが、スヨンはなかなか慣れなかった。オンニ、オンニって。肩をすくませて身震いしていたら、ウンギョンと目が合った。オンニという呼び方に違和感があっただけで馬鹿にしているわけではないと言いたかったが、そういう話ができる雰囲気ではなかった。

　役員も決まり、親しい母親たちに連絡を回してボランティアに参加してくれるメンバーもだいたいリストアップできた。クラス全体の保護者会は三月中旬に開催となった。スヨンは、参加できないかもしれないと、あらかじめ了解を取っておいた。

　集まりが終わると、家の方向が一緒だったウンギョンと並んで夜道を歩いた。まだ十時にもなってないのに、道は閑散《かんさん》としている。食堂はほとんどが営業時間を終え、カフェも半分以上は閉まっていた。フランチャイズチェーンのコーヒー専門店とパン屋にだけ明かりが灯っている。店内に客の影はほとんどなかった。

静けさに居心地が悪くなり、スヨンはよく知りもしない学校の話、担任の話、ダインの友達の話を言い並べていた。ウンギョンは、そうですか、ですよね、そうそう、と月並みな返事をするばかり。スヨンは、ウンギョンの手の動きや表情を横目で見ながら何度も唇を舐めた。口のなかが乾き唾《つば》が粘ついていた。

二人は握りこぶし二つぶんくらい離れて歩き、同じくらいに心の距離を保っていた。街路樹が植えられ歩道の幅が突然狭くなった。ウンギョンがお店の側、スヨンはウンギョンの側に体を寄せた。肘《ひじ》が、肩が、手の甲がさりげなく触れ合った。街路樹を通り過ぎたあとも二人は離れなかった。手の甲が何度も触れ合い、スヨンはウンギョンの手を握りたくなった。気持ちをしずめようと、ポケットに手を突っこんだ。その時、ウンギョンの腕がスヨンの腕と横腹の間にそっと入ってきた。

「オンニ、さっきのことをずっと気にしてるんですよね？　そんな必要ないのに。私だってときどき、自分にうんざりするんですから」

ウンギョンがスヨンの腕をぎゅっと引き寄せた。それはわずかのあいだだったにもかかわらず、ウンギョンの温もりと感触がしっかりと伝わってきた。

「最初はママたちとのお付き合いが難しかったんです。なんの前触れもなくあんたと呼ばれたり、呼び捨てにされたりするのも嫌だったし。なんとなくこっちも誰々のママと呼ぶと、嫌みもたくさん言われました。年下のくせにぞんざいな口をきくんじゃないと」

ウンギョンは恥ずかしそうにしながらも言いたいことをはっきり言うタイプだったが、その言葉が他の人を傷つけたり機嫌を損ねたりすることはなかった。優しいけれど冷たく、わからなそうでわかりやすい人だった。スヨンは、ウンギョンのことが気になった。

「お名前は何ですか？」

「キム・ウンギョンです」

「じゃ、私はウンギョンさんって呼びますね。私はチェ・スヨンです。スヨンさんでもいいし、ダインちゃんのママって呼んでもらってもいいですよ」

「じゃあ、スヨンオンニと呼びますね」

オンニ。スヨンオンニ。不思議と嫌な気がしなかった。スヨンは組んだ腕からのぞくウンギョンの手を握って言った。

「いいですよ。ウンギョンさん」

指先がひんやりと冷たかった。スヨンはウンギョンの手をゆっくり握っては離し、またぎゅっと握りながら、自分の人生にとてつもない不幸が襲いかかるかもしれないと思った。あるいはこの上ない幸せがやってくるかもしれないと。

「あのとき、ウンギョンさんも同じようなことを思ってたって。これからすべてががらりと変わるんだろうなと」

「変わった？」

「どうだろう。変わったこともあるよ。変わらないことのほうがもっと多いけどね」

担当番組の放送が終わり、スヨンは三連休にしようと金曜日に休みを取った。ダインに二泊三日の旅行を誘ってみたが、特に理由もなく断られてしまった。ウンギョンとの電話中、そのことをなにげなく言った。いつの間にか子どもが大きくなって寂しい気がすると。突然ウンギョンが言った。

「金曜日に二人でソウルランドに行きませんか」

ソウルランド？　ダインが三、四歳ぐらいの頃に一度だけ行ったことがある。背の低いダインが乗れるアトラクションは少なく、メリーゴーラウンドやゆっくり走る子ども用列車などに乗ったりパレードを見たりした。あまりに幼稚でつまらなかったが、ダインと手をつないで一緒に歓声をあげていたらへとへとになってしまった。いまだったらダインもすっかり大きいから一緒に楽しめそうなのに、一度も再チャレンジを考えたことはなかった。

「ウンギョンさんはアトラクションが好きですか？」

「昔は。でもヒョリムの父親があまり行きたがらなくて、結婚してからは一度も行ったことがないんです」

「じゃあ、ヒョリムちゃんは一回も遊園地に行ったことがないんですか？」

「そうですね。言われてみると」

「子どもたちと一緒に四人で行きましょうか。ダインもソウルランドにはずっと行ってないし」

返事がない。電話が切れてしまったのだろうか。画面を確認すると、通話中の表示がまだ出ている。もしもし？　聞こえませんか？　するとウンギョンから「聞こえます」という答えが返ってきた。それからしばらくして、ゆったりとした口調で言った。

「オンニ、二人っきりで行きませんか」

平日の午前、閑散とした遊園地。研修で来たらしい中学生たちだけが群れをなし、叫び声をあげながら走り回っていた。まずはバイキングとジェットコースターに乗り、ゴーカートや急流すべりなどのようにスピードが速かったり落差の大きかったりするアトラクションに乗った。興奮と緊張のためか、日差しのためか、ウンギョンの頰が赤く火照っている。スヨンはウンギョンのほっぺを人差し指でつんと突っついてみた。

「ウンギョンさん、ここお化粧でもしたみたい」

「お化粧、しました。ちょっと頑張ったのに」

「あっ、そうなんだ」

スヨンは言いたい言葉を吞み込んだ。

ウンギョンは夫に、結婚生活を続けるつもりはないと伝えた。一緒に暮らしているあいだ、彼がどんな暴言を吐き、どんな振る舞いをしたか、自分とヒョリムがどれほどの身体的、精神的な傷を負ってきたかを説明し、結婚生活に終止符を打とうと提案した。夫は腕組みしたまま無言で話を聞くと、唇の右端を思い切りつりあげて彼女をあざ笑った。俺と一緒に暮らせないっていうなら出ていけばいい。止めないよ。だけどお前、行くとこなんかあるのか？

「え、待ってくれよ！　ヒョリムちゃんとヒョリムちゃんのママって、いきなり家を出ていったんじゃないの？」

「何の話？　先に意思を伝えたし、法的な手続きは弁護士を通じて進めるからって予告もしたし、そのあいだヒョリムを連れて家を出るってちゃんと言い残したのよ。でも最後までちゃんと聞こうとしなかったって。やれるもんならやってみろ、って感じだったらしい」

スヨンとウンギョン、ダインとヒョリムが一緒に暮らし始めてもう半年が経ち、ウンギョンとその夫の離婚手続きはつつがなく進んでいるという。

「とにかくさ、君は不幸な奥さんたちを助ける離婚の妖精じゃないんだし……」

「ウンギョンさんが不幸せに見えたから救い出したんだと思う？」

「違う？」

「私の気持ちを、丁寧に、事細かに、正確に説明したところで、あなたには理解できないはずなの。それはあなたの理解が足りないからでもあなたが悪いからでもない。初めからそうできているの」

「どうして僕がわからないと思うんだよ？　なんで勝手にそう決めつけるかな！　説明してみろよ。丁寧に、事細かに、正確に！」

二十分ぐらい説明を聞いた。聞いて、質問して、また聞いて、聞き取った内容を何度も確かめて、また聞いた。理解できてしまった。しかし実のところ、本当に聞きたいことは別にあった。僕と付き合って、結婚して、ダインを産んだのはなんだったのかと。君にとって僕はなんだったのかと。だがあの時間は、いまや僕にとってすら、なんの意味もない。

「二人はそうだとして、子どもたちは？　子どもたちはこの状況で混乱すると思わない？　ダインはその女のことをなんだと思ってんだよ？　なんて呼んでるんだ」

「お母さんだって思ってるよ。ウンギョンママと呼んでるし。ヒョリムちゃんは私のことをスヨンママと呼んでるよ。あの子たちはなんとも思ってないの。私たち四人はいまとても楽しい。どうして私たちが不幸で、戸惑って、悲しんでるって勝手に思うわけ？」

ヒョリムママがスヨンと出会っていなかったら離婚しなかったんだろうか。しなかったはずだ。できなかったといったほうがより正確だろう。ヒョリムパパがいい人だったら、ヒョリムママはスヨンと付き合わなかったんだろうか。付き合ったはずだ。でも結局は夫と過ごすほうを選んだろう。つまり彼女が離婚したのはスヨンに出会ったため、彼女の夫が結婚生活を続けられるような相手ではなかったためなのだ。じゃあ、スヨンは？　スヨンにはどんな前提と仮定が成り立つだろう。そう思うと寂しい気持ちになる。

カフェから出ると、スヨンは手を差し出し握手を求めてきた。

「あなたを騙《だま》したことはないよ。それだけは信じてほしい。私はいつも慎重だったし、正直だったけど、謙虚になることができなかった。そのことは後悔してるし、申し訳ないとも思ってる」

握り合った手を軽く振ってみた。クールに見せたかったのだ。

「養育費はこれからもちゃんと送るからさ」

「それは当たり前でしょ」

言うべきじゃなかった。スヨンの携帯が鳴った。スヨンは先に行けというふうに僕を追い払う手ぶりをしながら「もしもし」と電話に出た。表情がパッと明るくなった。

이혼의 요정 by Cho Nam-joo
Copyright © 2019 by Cho Nam-joo
Used by permission of QQ Publishing Co.
through Japan Uni Agency, Inc., Tokyo.
All rights reserved.

松田青子

「桑原さんの赤色」

〈女性募集〉

大学に向かう道の途中にある古びた木造の一軒家の壁に、いつからかそう貼られていて、特に理由もなく、ある日夜野《ヨノ》はその貼り紙に気がついた。

〈女性募集〉

求人募集であるようだが、時給や勤務日数など、詳細が何も書かれていない。

不思議に思い、これまではただの風景だったその建物を、夜野ははじめて注意して見てみた。変色した壁には一面物件の情報が書かれた貼り紙が規則正しく並んでいる。

〈女性募集〉

という少し離れたところに貼られた簡潔な貼り紙が嘘のように、こちらはびっしりと小さく情報が書かれている。よくわからないが、賃貸物件の貼り紙は一枚もなかったし、夜野が今のアパートの部屋を借りたチェーンの不動産屋の店舗のように、入りやすい雰囲気もまったくない。いまだに生きながらえているのが奇跡のような、昔ながらの小さな事務所だった。中からは、物音一つしない。

〈女性募集〉

水商売でもないのに、水商売でもよく考えてみればどうかと思うが、そう書かれているのがちょっとおかしくて、夜野は友だちに送ろうと、何の気なしにスマートフォンで写真を撮った。

夜野と大学の友だち数人は、どこかで面白いものを見つけたら写真に撮って送り合うLINEグループをつくっている。ネットで見つけた画像は駄目、実際の生活の中で見つけたもの限定、という一応のルールもある。

結局、ちょっと弱いかも、という気がして、夜野はその写真を送らなかった。

普段、LINEグループに写真を共有したら、もとの写真はすぐに消去してしまうのだけど、送らなかったから、その写真はフォルダに残った。

不動産屋がある通りをそのまままっすぐ駅に向かい、駅を過ぎてからもう少し歩いたところに去年彗星《すいせい》のごとく現れた真新しいカフェがあり、夜野はそこでバイトしたかった。

大学のある街だというのに、大学自体がおっとりとした住宅地の中にあるせいか、街として商魂を働かせる気などさらさらないらしく、カフェなんてあと十軒以上あってもいいくらいなのに、ない。そのくせお金にわりと余裕のある街の人たちはカフェに飢《う》えていて、だからその店はできた途端、あっという間に発見され、人気店になった。

細長い店内は木調の落ち着いた雰囲気で、いいスピーカーからジャズやクラシックが流れている。平成生まれの夜野は知るよしもないが、白く塗られたコンクリートの壁を飾っているのは、バブルの頃に一世を風靡《ふうび》した女性画家の版画。色白で尖った顎《あご》をした、いいお兄さんになってくれそうなまだ若い店長。白いシャツに黒いパンツというアルバイトたちの服装規定。客が長居することを許すサインであるＷｉ－Ｆｉ。すべてがほどよく、人生はじめてのバイト先としてこれ以上の場所はないように思えた。

なのに、タッチの差で夜野は大学の構内で何度か見かけたことのある男子学生に負けてしまった。

その後、そのカフェに行くたびに、こいつの場所には本来私がいるはずだったのにと歯がみしてしまう。男子学生の接客に慣れていない、初々しい様子もしゃくだった。

「デカフェのカフェオレ」と客からの注文を受けた彼が、カフェオレ一つと奥に通すのをぎらぎらした目でとらえた夜野は、おいおいデカフェ知らないのかよ、あのお客さんが重度のカフェインアレルギーだったらどうすんだ、私だったらそんな初歩的なミスはしないのに、とくやしがった。あんたは電車に乗って、大きな駅にあるチェーンの飲み屋でバイトしてりゃあいいじゃんか。

夜野は電車やバスなど、公共の交通機関に乗って学校や仕事に通うことができない。どうしてだかはわからないが、昔からずっとそうだ。

自分という人間のつくりが、そしてそうなると人生そのものがどうにもイケていないことに、大学に入る前から、夜野はとっくに気づいていた。ホットの飲み物を頼むべき時にアイスを頼んでしまうような、ちぐはぐさがずっとある。

いつ吐き気を催してもいいように、遠足の前日でもないというのに、夜野のメイクポーチには酔い止めの錠剤が常備されている。これじゃまるで、この社会にずっと酔っているようなもの、〝人生〟酔いをして生きているようなものだ。

友だちと約束した時は、待ち合わせの時間のだいぶ前に家を出る。そうすれば、電車やバスの中で調子が悪くなっても、遅れずに間に合う。友人は、夜野が途中電車を二回下車したことなど知るよしもないままだ。映画に行く時も、これならもう少しがんばれば前の回を観られたんじゃと自分でも思うくらいの時間に着いている。

それはある種のお守りのようなもので、実際は、きちきちと時間割が決まっていた義務教育を終わらせた今では、調子が悪くなることはそんなにない。こうやって自分でコントロールできるからだ。時間に余裕があり、自分の気持ちが落ち着いてさえいれば、大丈夫だった。

だから今は大学のある街に住んでいるし、今後会社で働くことになったら、その会社のある街に住むことになるだろう。それで特に問題はないように夜野には思えた。

大学近くの小汚い居酒屋（学生が行くタイプの店ではない）にバイト募集の貼り紙が貼られているのを見つけた夜野は、いやいや応募するなという話だが、いやいや電話をかけ、いやいやのれんをくぐり、店の女将《おかみ》らしきおばさんは開店前のさびれた店内で面接ともいえない面接をいやいやしてくれた。

彼女は夜野の倍は乗り気じゃなさそうだった。

店の奥ではおそらくこちらも夜野と同じ大学の男子学生が大将と開店の準備をしていて、酒のケースなど軽々と持ち上げられそうな、明らかに体育会系の体を持ったその子が、この店でのバイトの正解なのだと言いたげに、女将は一瞬彼のほうをちらっと振り返った。

受かるわけがない。

講義中、大教室の後ろのほうの席で、スマートフォンの写真フォルダに保存されている、

ネット空間でかき集めた今はまっているアイドルの画像を横にひたすらスクロールして自分を慰《なぐさ》めていると、すっかり忘れていた

〈女性募集〉

の貼り紙が、推《お》しと推しの間にはさまっていた。

まさかここまで事務所が小さいとは思わなかった。中に足を踏み入れた瞬間、やべえとこに来てしまったと、夜野は後悔したくらいだった。

六畳間、いやおそらく八畳くらいはあるのかもしれなかったが、その貴重な空間の半分は、白いレースのカバーが上半分にかけられたどっしりとした二人がけの革のソファー二脚とガラステーブルといった、ザ・応接セットに占められていて、残り半分の空間の壁際は、コピー機やスチールのキャビネットなどがぎちぎちに詰められている。

どれもこの場所には立派すぎて、大きすぎて、はるか昔の、会社っていうのはこういうものだから、という誰かのアドバイスを鵜呑《うの》みにした結果のように見えた。夜野は、「しょ、昭和！」と反射的に叫びたくなったが、なんとか抑えた。ごつい額に入った油絵の風景画が壁にかけられているせいで、余計に狭く感じた。

奥には二階に続く暗い階段があったが、そこは何十年も前に物置と化しているらしく、上がっていこうとする気配は、社長でさえなかった。小さなトイレと小さな洗い場にコンロはかろうじてあった。

そして、最後に残った空間の中央には、また馬鹿みたいに大きなスチールデスクがどかんと置かれていて、そこに女の人が座っていた。

桑原さん、と紹介されたその人は、四十代か、もしかしたら五十代前半くらいの女の人だった。

だいたいいつも毛玉のついた黒いカーディガン、白いシャツ、黒か紺色のパンツと、奇《く》しくも、あのカフェで働いている人たちと同じ服装をしていて、夜野は自分のいる環境のあまりの違いにくらくらした。電車でバイト先に行けないだけでこの仕打ちか。

よくわからなかったのが、ほかは化粧っ気のない（自分だってここで長いこと働いていたらそうなるだろうと夜野は思った）桑原さんの目元が真っ赤だったことだ。

彼女は、両のまぶたに真っ赤なアイシャドウをたっぷりと塗っていて、それは地味な彼女の全体の中で異彩を放っていた。異彩というか、異様だったが、桑原さんの目元の赤色以外は、この職場での日々は、淡々としていた。

週三回勤務の夜野の仕事は、コピー取りや小さなお使いなどで、最近までは、何十年にもわたり、近所に住んでいる女の人がその役目を引き受けていた。

自分も古希《こき》に入り、長らく諦めていた孫も誕生したのでそっちに集中したいという彼女の希望を叶えるべく、社長は件《くだん》の貼り紙をゆるゆる貼り出したが、夜野が電話をかけてくるまでの半年間、特に誰からも応募がなかったそうだ。夜野が通いだして数週間が経ち、打ち解けてきた頃、こんなところだからねえ、と社長は自嘲気味に言い、本当にそれだけが原因だと思っているようだった。


こんなところ、は、慣れてみると、案外いい場所だった。

こんな狭い場所に社長、桑原さん、内田さん（三十代の男の人で、この人はほとんど私語をしなかった）が働いているだけでもういっぱいなのだから、自分など必要ないのではないかと夜野は最初思ったが、そういうわけでもないらしく、なんだかんだいって小さな仕事があり、なんだかんだ夜野は必要なのだった。

大学への道のりの、ちょうど三分の一くらいのところに事務所はあった。夜野はその道を繰り返し辿った。

夜野が住む学生用のアパートを出てしばらく東に進み、それぞれの部屋の洗濯機がドアの横に置かれている安アパートを越えると、畑がはじまる。

畑の左手には数軒の住宅が並び、そのうちのいい具合に焼けたトーストみたいな色をした一軒は、二階にレースのカーテンがかかった大きな窓があり、二匹の白いプードルがまるで陶器の置物のようにこっちを見ている。この二匹の犬を見ると、夜野は毎回「あ、いた！」と心の中で飽きずにはしゃいでしまうのだが、こっちも同じような小型犬の散歩をしているのをよく見かけるニット帽をかぶったおじさんも、ある日娘らしき女性と一緒にいる時に、その家の犬たちを見上げて「あ、いた！」とうれしそうに言っているのが、すれ違いざまに聞こえた。

その隣のレンガの家の壁に一面はわされている蔓《つる》には、冬になるとキウイの実がぼっこぼことまるで湧き上がる泡のように実をつけるので、キウイってこういう風になるんだと夜野は学んだ。

そこから少しあるいた先、四つの畑に囲まれた四叉路で右折し、梅の花の咲くのが毎年早い細い道をまっすぐに、まっすぐに行くと、事務所が見えてくる。

この道はタクシー運転手たちの休憩所になっていて、常に数台のタクシーが一列に並んでいる。だいたい運転手たちは車の中で座席を最大限に倒して眠っていた。顔にかけられた白いタオル。道には、コンビニの弁当やカップラーメンのゴミが捨てられていることもあり、ゴミを持ち帰ってくれという注意書きが柵に貼られているのだが、丁寧に書きすぎているせいで変な文章になっている。夜野はこの街に引っ越してきた頃、この道が少し恐かったのだが、運転手たちはこちらに目を向ける余裕もないほど疲れ切っており、じきに慣れた。

同じく畑に囲まれていて、ほとんど違いのない一つ隣の道には、収穫された野菜を売っている自動販売機があり、夜野は時々そこで大根やほうれん草や柚子《ゆず》を買った。ここらへんに点在している、土地持ちの地元の人たちが相続税対策でつくっている畑の野菜は、無農薬なのにスーパーで買うよりもだいぶ安かった。

本当に得意先や取引先がいるのかも夜野には疑問だったが、社長と内田さんは外回りでよく事務所からいなくなった。

「社長ってなんか思ってた感じじゃないですね」

その日、社長がふたりで食べるようにと出かける前に置いていってくれた金沢の銘菓をぱくつきながら、夜野は言った。

桑原さんはパソコンから顔を上げた。目の上の赤が夜野の目を呑み込む。

「思ってた感じって？」

桑原さんは、夜野がいつ見ても赤いアイシャドウをしていた。その独特のアイメイクに最初は身構えたが、ほかは別段エキセントリックなところもなく、至極穏やかな人で、事務所にふたり残っている時間も多かったこともあり、もともとおしゃべりな夜野は、勝手に打ち解けていろいろと話すようになっていた。

「なんかもっとやばい感じを想像してたっていうか。場所的にも昭和っぽいっていうか、すごいセクハラ発言とか、あと本当にセクハラとかするおっさんだったらどうしようと思ってたんですけど、全然そうじゃないじゃないですか。内田さんも営業っぽくないし。私がハゲ親父の社長とか営業の男の人ってこういう感じかなって勝手にイメージしてただけですけど」

言いながら、うさぎのかたちをした饅頭だけでは飽き足らず、コンビニで買ったダースを食べはじめた夜野がすすめると、桑原さんは特に表情も変えずに、チョコレートを一個取った。お使いのついでに寄ったコンビニでは、時々このあたりですれ違ういつも長靴をはいたおばあちゃんが、ビニール袋に入れた一円玉で百円のコーヒーを買っていた。

ちっぽけなチョコレートをつまんだ何も塗られていない桑原さんの爪はそっけなく、甘皮処理とかしたことないだろうなと、夜野は考えた。

チョコレートを乾燥した唇の間に放り込んだ桑原さんは、ちょっと思案するような表情になったが、長年勤めている職場を夜野にくさされても特に気分を害した様子もなく、

「そうね、柏葉さんが言うような場所は確かにあるけど、そういう意味では、ここはまあそうじゃないね」と答えた。そして、

「よく考えると、そういうことがある場所とない場所があるって不思議よね。全部なければいいのにね」

とひとりごちた。

自分の見立てが間違っていなかったことにホッとした夜野は、にこにこと続けた。

「社長ってちょっと天然ですよね？」

「なんで？」

「ほら、〈女性募集〉とか貼るじゃないですか。あれとか変ですよね、情報ゼロで、何も言ってないじゃないですか。電話した時、ちょっとびびりました」

桑原さんはへえ、と新しい生き物でも見るような顔で夜野を見た。

「本当にわからないの？」

「え？」

「あれは〈女性〉って言葉だけでもう十分な情報なのよ」

「え、どういうことですか？」

夜野はぽかーんと口を開け、桑原さんはさらに、へえ、という表情を深めた。

「はじめから正社員は募集してないし、給料も安いし、業務もたいしたことないですよ、ってちゃんとその中に含まれてるの。だから社長もうれしかったんじゃない、柏葉さんみたいな大学生の女の子がはなからアルバイトのつもりで来てくれて」

「え、それみんなわかるんですか？　なんでわかるんですか？」

夜野は目を見開いた。右手の上のダースの箱が傾き、半分くらい残っているチョコレートの粒が一斉にスライドした。

「どちらかというと、わからない人がいることに感動したわ、わたし」

桑原さんは言うと、夜野の全体をまじまじと見た。赤い色と一緒に。

結局、夜野は卒業までその事務所でアルバイトをした。ほとんど三年間だ。その間ずっと、社長はいい人で、内田さんは無口で、桑原さんは赤いアイシャドウをしていた。社長と内田さんはよくどこかに出かけていき、桑原さんはいつも事務所にいた。

毎年年末になると、近所にある、この街で一番人気がある中華料理屋の二階で一応忘年会をしたが、盛り上がる、ということを知らない人たちの集まりだったので、ここが事務所の中でも何の違いもないだろうという謎の数時間になった。回転テーブルの赤と桑原さんの目の上の赤がマッチして、きれいだと、その時だけ夜野は思った。

きれいだと思ったのに、二年目の赤テーブルで、酒に酔った夜野は調子に乗って桑原さんにこう言った。

「どうしていつも赤色なんですか？」

あんかけそばにのっていたプリプリとした大きなエビを頬張《ほおば》っている最中だった桑原さんは、すぐに言葉が出ずに、眉間に小さく皺を寄せたが、気が大きくなっていた夜野はそのまま続けた。

「桑原さんにもっと似合う色があると思いますよ。今、パーソナルカラー診断とかもあるし、行ってみたらどうですか？　私は『イエベ春』なんでピンク系が似合うらしいです」

桑原さんの喉がごくんと動き、エビが通過してゆくのがわかった。

「そういうことじゃないのよ」

桑原さんは言い、つまらなさそうに夜野を見た。

「この色じゃないと駄目」

「え、なんでですか?」

「いつもこういう気分だから」


目の前の、赤いアイシャドウをした女を見て、その時の桑原さんを、三年間分の桑原さんを、夜野は思い出した。

女は、友人宅の、デスクトップ型パソコンの液晶画面の中にいた。

その数日前、夜野はLINEで友人になんやかんやと愚痴《ぐち》っていた。夜野は二十六歳で、二十六歳の夜野はいろいろうまくいかなかった。

ようやく実家を抜け出し一人暮らしをはじめたばかりの友人は、キッチンが大きめの部屋を選んだから一緒になんか作って食べようと夜野を誘い、ふたりで簡単なピザを焼いた後、「せっかくだからなんか観ようよ」と彼女はパソコンで動画配信サイトを開き、マイリストを何度かスクロールしてから、今、韓国映画はやってるし面白そうと、スタートボタンを押した。

「韓国の映画で観たの」

あの時、桑原さんはこう続けた。

不自然なまぶたの理由は、それですべて説明がつくとでも言うように、はっきりとした口調で。

「なんですか、それ」

夜野は笑い、突き詰める誠実さも興味もなく、何か自分が話したかったことをへらへらと話した。

画面の中の赤いアイシャドウの女は常にミステリアスな表情を浮かべていた。

でも、ミステリアスって、ただ単にこっちがその人の気持ちをわかってないって、ただそれだけのことかもしれないな、と夜野はさっきケチャップを塗りたくったピザをかじりながら思った。自分が桑原さんのことよくわかっていなかったみたいに。

女は復讐を遂げるために、一歩一歩、卑劣な犯人を追い詰めていき、そのまぶたは常に赤く彩られていた。

この赤は復讐の赤だ。

そう気がついた時、これが、桑原さんが言っていた映画だと、夜野は確信した。桑原さんは復讐したかったのだ。

何にかは今更夜野にはわかりようもないけれど、何かに。もしかしたら、桑原さん自身も、自分が何に復讐したいのかわかっていなかったのかもしれない。それともその逆かもしれない。桑原さんは夜野に本心を話す気なんてはなからなかった。何十歳も年下の女の子に気持ちをぶちまける必要なんてなかった。赤いアイシャドウをつけて働いていた彼女は、それだけで最強だったのだ。

「なんか私も赤いアイシャドウをつけたくなってきた」

エンドロールが流れるなか、放心したように友人は言い、

「わかる」

と、夜野は返事をした。わかるよ、桑原さん。

次の週末、夜野は大きなデパートの化粧品売り場を何周もして、赤いアイシャドウを探した。

ラメが極力入っていない、シアー感とかもない、とにかく頑固な、真っ赤な赤がよかっ

た。

前から好きだったブランドがちょうど今期はシノワズリをテーマにしていた。がっつりと赤い色のアイシャドウが売られているのを見つけた夜野は、飛びつくようにしてそれを買った。

せっかくだからとタッチアップしてくれた店員に、さあどうぞと手渡された手鏡の中で、マスカラも塗らず眉毛も描かず紫外線対策でBBクリームだけかろうじてつけた夜野の顔の上に、誇らしげな、強い赤い色だけがあった。

似合うも何もないと思うが、頓着なく「お似合いです」と微笑んだ店員に背中を押されるようにして、夜野は魔法にかかったようにふらふらと、重いガラスのドアから外の世界に解き放たれた。

土曜日の街は、女たちがあふれていた。夜野は駅へと向かいながら、突如として見えるようになった世界に目を見張った。行き交う女たちのまぶたはみな、赤く光っていた。

デュナ「**追憶虫**」斎藤真理子＝訳

듀나 / 추억충

1

四月二十二日はユンジョンとジホの二十回めの結婚記念日だった。パーティーとまではいかなくとも、近くのイタリアンレストランで家族全員でのディナーぐらいのことはするつもりだった。ところが、ジホが二十一日に酔っ払ったまま飲み屋の階段を上っていって足をぎくっとひねり、後ろに転倒し、尻の骨を骨折、左すねの骨にひびが入って今は病院暮らしの身になってしまった。レストランの予約はキャンセルするしかない。それでも夜には、双子の子と一緒に近くの中国料理店から料理をテイクアウトして病院に見舞いに行く予定だった。二人とも結婚記念日などの行事にそれほど神経を遣う方ではなかったが、とはいえ二十という数字は無視しづらかった。十進法の力というものだ。

二十年だなんて。ほんとに、長いこと一緒に暮らしてきた。友だちより早めに結婚したユンジョンは、何年か早くおばあさんになった気分だった。双子の兄弟は来年には高校を卒業する。これまでどんなことがあったかちゃんと思い出すこともできない。一度に息子二人を授《さず》かった後は、すべてが二倍速で走り去っていったような気がする。五月にやってくる誕生日を過ぎれば、もう満で四十七歳だ。五十が目と鼻の先だ。

子どもたちを学校へ送り出すと、ユンジョンは今日のスケジュールを検討した。家事を終えて四時までには、今手がけているダリオ・フレダの本の翻訳作業をしなくてはならず、お昼を食べたら予防接種を受けに、猫のミントを自宅そばの動物病院に連れていかなくてはならない。猫を連れて帰ってきたら、近所に住む女性たちと五年ほど続けている読書会にちょっと顔を出さなくてはならなかった。みんなは一緒に夕ご飯を食べに近くの店へ行くだろうが、ユンジョンはそこで別れ、双子たちと一緒に、パパが閉じ込められている病院を訪ねるのだ。こうやって一日は蒸発していくだろう。

ユンジョンが皿洗いと掃除をしている間、ジホはずっと無意味なメールを送ってきて彼女をうるさがらせた。こうなったからには、しばらくは休暇を楽しんで本も読み、映画も観ると宣言していたが、そんなふうにのんきにしている場合ではないということはユンジョンもわかっていた。夫は勤めていた会社を三か月前に辞め、従兄弟二人と一緒に会社設立を準備しているところで、三人の男性は今、すさまじく忙しいはずなのだ。骨が何本か折れたからといって気楽に寝ていられるわけではない。

家事を終えると十時半だった。ユンジョンはリビングのソファーに座り込んで、コーヒーテーブルの上にのせたノートパソコンの画面に、フレダの英語の原稿と、自動翻訳機がざっと訳した韓国語の原稿を同時に呼び出した。隔世《かくせい》の感《かん》だという気持ちが押し寄せてくる。結婚直後にこの仕事を始めたときはまだ、翻訳のほとんどはユンジョンの頭と手によってなされていた。だが今は、七十パーセントが翻訳機の担当だ。今やユンジョンのやっている仕事は、翻訳より編集に近かった。これから二十年後、この職業はさらにどう変わっているだろう。存在しているだろうか。

翻訳機の進歩は二十年前にも予想されていた。予想できなかったのは、フレダの書く本の内容だ。二十年前にユンジョンは、自分がシベリアの凍土層《とうどそう》に埋もれた古代宇宙人の宇宙船の残骸《ざんがい》に関するまじめな学術書を翻訳するだろうとは想像できなかった。ロシア政府としてもやはりできるだけ隠蔽《いんぺい》したかっただろう。だが、宇宙船から百七十種以上の地球外微生物があふれ出てきて、そのために何千人もの人々が死んでいき、私設スパイ衛星がそれらの状況すべてを生中継している場合には、それはたやすいことではない。

三時半までに十四ページができ上がった。ユンジョンはその日翻訳した分をざっと一度見直して立ち上がった。寝室に入って、ベッドでごろごろしていたミントをつかまえ、キャリーケージに入れて外へ出た。

動物病院のあるテナントビルはユンジョンのマンションから五十メートルぐらいしか離れていない。待合室の椅子《いす》には女性が二人座っていた。二人とも同じ高層団地に住む知り合いだ。ユンジョンと同年代のミョンウンのママは、エリザベスカラーをつけた、チョコという名前の、足が短くて鼻のあたりが黒い雑種の犬を連れてきていた。その隣で泣きじゃくっている三十代前半の女性は、大学の同級生と一緒に近くで家具工房をやっているアン・ウンソンで、ワッフルという名前の三毛のにゃんこを飼っていた。お母さんと二人暮らしで、同じ読書会の会員であるウンソンは、ときどきユンジョン一家が旅行に行くときにミントの面倒をみてくれたし、ユンジョンもまた先方に同じような事情があればワッフルを預かった。ワッフルは十五歳で、この何週間かとても具合が悪かった。涙でぐしゃぐしゃになったウンソンの顔を見ると、これまでに何があったか言われなくても想像がついた。

すっかり怒っているミントをリビングに放してやると、ユンジョンは読書会の開かれるブックカフェに行った。読書会では四月いっぱい、少し前に新しく翻訳が出たユードラ・

ウェルティーの全集を読んでいる。ウンソンはいなかったが、みんなワッフルが死んだことを知っていた。ユンジョンはウェルティーの本の話に入る前にしばらくワッフルの話をした。まだ大学生だったウンソンが、ゴミ箱のそばに捨てられて鳴いていたワッフルをどうやって見つけたか、あの神経質な猫が、ミントと力を合わせてユンジョンの家の革のソファーをどんなふうにめちゃくちゃにしたか。

読書会メンバーと別れたユンジョンは、病院まで歩いていった。病室は食堂のようにやかましい。双子たちはあちこちでテイクアウトの中国料理を広げており、夫の二人の従兄弟たちはスポーツニュースを見て騒いでいる。ユンジョンが入っていくと男たちは全員、二十周年を祝う言葉をぼそぼそと誕生祝いみたいにつぶやき、すぐにまた料理に食いついた。

双子と一緒に帰宅したユンジョンは、子どもたちにリビングのテレビを譲《ゆず》ってやり、ベランダに出た。公園の横のベンチに座り込んでいる小柄な女性が見えた。ウンソンだ。しばらくためらっていたユンジョンは外へ出た。二人は挨拶を交わし、ユンジョンはウンソンの隣に座った。ワッフルはすでに動物病院経由でペット葬祭業者に引き渡されていた。猫の遺灰は、前にスキャンしておいたワッフルの姿をもとに小さな陶器の人形になり、月曜日の夜に家に帰ってくる予定だという。二人はしばらくワッフルの話をしてから一緒にマンションの中へ戻った。ウンソンは三階で降り、ユンジョンは六階へ上っていった。双子たちはまだゲーム中継に夢中で、部屋でユードラ・ウェルティーの全集の最後の巻をタブレットで読んでいたユンジョンは、九時ちょうどにバスルームに入った。

濡れて曇ったバスルームの鏡を見ながら、何を考えるでもなく歯ブラシを手にしたユンジョンは突然、はっとして歯を嚙みしめた。

それまでぼんやりと彼女のまわりをぐるぐる回っていたすべてのものがその瞬間、いっぺんに整理され、明確になった。

私、恋に落ちた、とユンジョンは思った。そして、この感情は私のものではない。

2

「追憶虫《ついおくむし》ですね」

医師が言った。ユンジョンは医師が半分くらいこっちに向けてくれたモニターで、彼女の目と脳の間に隠れている米粒ほどの大きさの地球外寄生虫を見ることができた。

「今のところ、できることはありません。何かなさる必要もないですし。追憶虫の成虫の寿命はせいぜい四週間程度です。もうご存じでしょうが、危険な症状が出るわけでもないですしね。へたにいじると、かえって事を大きくするだけです。ただ、他の人に感染させる可能性を減らすために薬を出しますね。一日一回ずつ服用されれば、卵をまき散らす可能性が八十パーセント減少します」

若い医師はかすかな微笑を浮かべて、ユンジョンを見上げた。

「十日前に軽い風邪の症状とめまいがあったということですから、成虫の寿命はあと二週間ぐらい残っていますね。ところで、このことにどうして気づいたんですか？」

「ちょっと、変な感じがしたものですから」

ユンジョンが答えた。

「その感じ、具体的な情報がどの程度入ってました？　私の身近に、追憶虫を専門に研究している友人がいるんですけど、感染者がこんなにはっきり自覚しているケースは……」

「何か変な気分だったんですよ。ときどき、別の人間になったような気がするというか。それと、私が最近シベリアの宇宙船に関する本を翻訳しているので。もしかして、と思ったんです」

医師は上の空でうなずいた。

「そうですか。万一のために私の友人の電話番号をお教えしますね」

ユンジョンは礼儀正しく、彼女が差し出した紙切れを受け取って病院を出たが、薬局で薬を買って出てくるまでにその紙は落としてしまった。

家に戻ったユンジョンは、一次翻訳をほぼ終えたダリオ・フレダの原稿をタブレットで開いた。シベリアの宇宙船がもたらした宇宙生命体に関する第一級の専門家はフレダ以外にも大勢いるだろうが、フレダほど彼らについて明確に説明できる人は多くない。

追憶虫はシベリアの宇宙船の生命体のうち、遺伝子操作を受けたことが確実な六種類の中の一つだ。呼吸器を通して感染し、幼虫は血液の流れに乗って脳と目の間に定着し、成虫になる。成虫は卵を全部産みつけた後、三日以内に死ぬ。血液中で孵化《ふか》した幼虫は、再び呼吸器を通って外へ出る。

追憶虫の最も独特な特徴は、前の宿主の記憶を次の宿主に伝えるという点だ。これらの情報がどのようにして次世代と宿主に伝達されうるのかについては、まだ誰も知らない。

フレダは、この生命体はデータ収集用に作られたものであり、十万年間、地下の生態系の中で生きて、ゆっくりと退化していったと信じている。故障した機械というわけだ。

その故障した機械が今、私の頭の中で何をしているんだろう？

ユンジョンはソファーに座って目を閉じた。全身の力を抜き、何も考えないように努めながら、ゆっくりと彼女の体内に潜んでいる異物のような感情を味わった。

それはやはり、愛だった。アン・ウンソンへの、持続的で粘《ねば》り強い愛の感情。

それは性的なものか？　わからなかった。ロマンティックなものか？　それははっきりしていた。だが、これは何とでも解釈できる危険な単語だ。

ユンジョンは自分とすれ違ってきた、また、今もそばにいる大勢の女性たちについて考えた。友人たち、同僚たち、隣人たち、好きだった芸能人たち、顔や姿だけが思い浮かぶ人。そのうちの誰であれ、こんな感情を呼び覚ましたことがあっただろうか？　少なくとも周囲の、実在する人にはいなかった。これまでに誰かにそんな感情を持ったとしたら、その不自然さと気まずさのために、神経質に笑って忘れてしまっただろう。彼女たちが女性だからではなく、ロマンティックな感情をほんものの人間に感じるという異常さのためにだ。

ユンジョンはそんなふうに人を愛したことがなかった。デートは無理をして済ませる通過儀礼だった。ジホに対する感情は、同僚への親しみのようなもの以上でも以下でもなかった。それはジホも同じことだった。当時の彼らには愛という感情より、早く一緒になって経済的なユニットを構成することの方が重要だった。厳しい時代だった。

この感情が彼女自身のものだということが、ありうるのだろうか？　ありえないことではなかった。そうだったらなぜいけないのか、私はそんなに血も涙もない存在かしら？　けれども、脳と目の間に隠れている米粒ほどの宇宙生命体が、細い神経ネットワークを私の脳のあちこちで展開していることが確認されたのなら、その生命体のせいと考えた方がいいのではないだろうか。

だとしたら、この感情は誰から来たものなのか。

3

火曜日の夕方、ユンジョンはウンソンの家具工房を訪ね、書斎の隅の空きスペースにぴったりはめこむ新しい本棚を注文した。この計画は何か月か前からあたためていたもので、ジホとも相談を終えたところだった。

ウンソンはちょっと気分がましになったようで、店の3Dプリンターで作ったワッフルの彫像を見せてくれた。ワッフルの遺灰で作った同じ形の小さな彫像は、昨日届いたという。新しい彫像はその隣に置くものなのだ。ウンソンはワッフルが残した猫グッズをとても処分することができないと言っていた。今も掃除をするたび、ワッフルの毛が出てきたり、足跡が残っているのが不思議だとも。

ウンソンの友だちのファヨンが、小さめのマグカップに入れたナツメ茶を出してくれた。お茶を飲みながらユンジョンは本棚のデザインを検討した。ユンジョンが測ってきた寸法だけでも作業に入ることはできるが、すきまにぴったり合わせたいならさらに正確な測定が必要だという。ウンソンは、店を閉めてから携帯用スキャナを持ってユンジョンの家に寄ると言った。

一時間後、ウンソンはユンジョンの家にやってきた。ミントののんびりした歓待《かんたい》を受けながら、ウンソンは書斎《しょさい》の隅のスペースをスキャンした。

ユンジョンは机の横に立って、仕事に集中しているウンソンの横顔を眺めた。

不思議な気分だった。たかが何日か前まではただの親しい隣人だった人が、全く違って見える。以前からウンソンはきれいだと思ってはいた。芸能人みたいにぱっと目立ちはしないが、安らぎと親しみに満ちたきれいさだ。だが、今、その容貌《ようぼう》には以前とは違う意味があった。動作の一つひとつ、顔や体の線一つひとつが、ユンジョンには正確に解読できない情報を含んでいた。ウンソンの美しさはその、出所不明な情報の表面をなしていた。その下をもう少しだけ掘り下げることができれば、この息苦しさもやわらぐだろうに。ユンジョンがウンソンに抱いている感情は、その情報がもたらした結果にすぎないのだ。

ユンジョンはウンソンに、夕ご飯を食べていかないかと尋ねた。ウンソンはちょっとためらったが、うなずいた。

その日のメニューはタイ風チャーハンだった。ユンジョンが家族以外の人に自慢できるいくつもない料理の一つである。双子は器を一個ずつ抱えて自分たちの部屋に入り、食堂にはユンジョンとウンソンだけが残った。二人は、二人の足に代わる代わる体をすりつけて甘えるミントの鳴き声を聞きながら黙って食べた。

食事を終えてジャスミンティーを飲みながら、ユンジョンはぽつりぽつりと話を続けた。とうとう食卓の上まで上ってきたミントのせいで自然とワッフルの話が出て、ファヨンがついに手に入れた新しいマンションの話も出て、読書会で読んでいるユードラ・ウェルティーの本の話も出た。だが、ユンジョンにとって会話の内容は重要ではなかった。重要なのはウンソンが前にいるということ、その存在感が自分に、電磁石《でんじしゃく》のように影響を及ぼしているということだった。

ユンジョンは会話を進めながら、その感情を客観化し、切り離して眺めてみようと努力した。だがその感情はもう、この何日かの間にユンジョンの心にしっかりと根をおろしている。今、ウンソンのためにどきどきと脈打っているのはユンジョン自身の心臓だった。

記憶もまた切り離しにくかった。ユンジョンが受け継いだ記憶は、包丁で切ったように境界や形がはっきりしたものではない。ウンソンの外見によって感情が刺激されたのだから、視覚的情報は明らかに混じっているだろう。それなら、声と結びついた聴覚的情報も隠れているのだろうか？　こんなふうにどんどん分離していけば、もともとその記憶を持っていた人のこともつきとめられるのだろうか？　ユンジョンには自信がなかった。ユンジョンが受け継いだのは、内気な片思いの記憶だった。その人自身のことは、ウンソンの後ろに隠れていた。

何より、ユンジョンは面倒になってきた。ウンソンの存在が与えてくれる快楽があまりにも強かったので、それ以上これを分析したくなかった。どうしてこの感情と感覚を楽しんではいけないのだろうか。私がウンソンに何か要求しているわけでもないじゃないか？

思いがさまよっているうちに、一時間半が過ぎた。話はユードラ・ウェルティーからアン・ラドクリフへ、アン・ラドクリフから翻訳家の苦労へと流れていき、翻訳家の苦労から……その後はよく覚えてもいない。気がついたとき、彼女はワッフルの残した猫のえさとおやつをもらうために、ウンソンの家に足を踏み入れていた。

細い手足をぐったりと伸ばしたままソファーに座り、力なくテレビを見つめていたウンソンのお母さんと静かに挨拶をかわし、ユンジョンは機械的に、室内のあちこちにまだ残っているワッフルの痕跡を探した。壁の隅っこに立っているキャットタワー、壁紙の角にくっついている猫の毛ひとかたまり、ソファーの横のサイドテーブルの上にそっと置かれた猫の首輪、そして棚の上にある二個の猫の彫像。

その瞬間、あるかすかな記憶がユンジョンの頭をかすめていった。ユンジョンはその記憶を捕らえようとしたが、それは一瞬にしてまた忘却の中へ消えてしまった。この部屋にまつわる、異物めいたなじみのない記憶。その人はここにも来ていたのか？

その記憶は、何か、手に関係するものだったのだが。

4

ウンソンとファヨンが作った新しい本棚が届いた。本棚は空きスペースにぴたっと正確にはまり、まるで前から壁の一部だったように見えた。

その後しばらく、ユンジョンはウンソンに会わなかった。翻訳の締め切りが目前に控えており、ジホが車椅子と松葉杖《まつばづえ》を引きずって病院から帰ってきて、かたづけなくてはならない面倒なことがどっさり生じた。最後の週の読書会はパスするしかないだろう。だが、その間もユンジョンは一度もウンソンを頭の中から消したことはなかった。

ユンジョンの頭の中は、ウンソンを取り巻く渦巻きのようだった。ほとんど締めくくりに入ったフレダの本の翻訳作業は、ウンソンへの執着をつのらせるだけだった。会社立ち上げ問題のためにすっかりイライラしているジホの顔を見るたび、ユンジョンはウンソンの妄想の中へ逃避《とうひ》した。その間も、追憶虫が持ってきた記憶を分類し、整理する作業は粘り強く続けられていた。

火曜日の朝に最終原稿を渡したユンジョンは、サービス会社から来たヘルパーにジホを任せると近所のチェーンのカフェに逃げ込んだ。エスプレッソとマフィンを注文し、アン・ラドクリフの小説『シチリアのロマンス』を読んだ。嫌われ者の侯爵《こうしゃく》のために大変な苦労をする女性の物語だった。ざっと流して読んでみたが、まだ頭はぼんやりしていた。疲れた目を休ませようとタブレットから目を離したとき、ユンジョンは強いデジャブを感じた。

それは、前にウンソンの家で経験したのとよく似た現象だった。慣れ親しんだ空間が、完全に他人の視点によって再解釈されるということ。

ユンジョンは窓の向こうの通りへ視線を移した。ウンソンの家具工房は遠くない。隅のテーブル席に移ればこのカフェからも見えるほどだった。

ユンジョンはゆっくりと席から立ち上がり、外へ出た。その気分は、カフェから家具工房へと続く道を気をつけて歩いている間も損なわれることはなかった。誰かがウンソンを思い、ウンソンに会えるという期待に浮き浮きしながらこの道を何度も歩いたのだ。道を歩いているうちに、その誰かの姿はどんどんはっきりしてきた。たぶん、男性。たぶん知らない人。ユンジョンは少しずつ不愉快になってきた。今まではただただ純粋で楽しいものだったウンソンへの感情に、汚い不純物が入り込んでいる。その不快感は、道の向かいにウンソンの店が見える位置に立ったとき頂点に達した。否定しがたいスパイじみた視線。なぜ今までこれに気づかなかったのか?

青信号になった。ユンジョンはためらった。まさにそのとき、後ろに立っていた一人の男が彼女の肩をぐいっと押しのけてずかずかと横断歩道を渡っていった。ユンジョンはほとんど反射的にその後を追った。歩いている間、二人の歩くリズムはほとんど完璧にそろっていた。男は、似合わない安物の新しいスーツを着ており、散髪していくらも経っていないようだった。肌は荒れ、ちらっと見たほんのり赤い横顔は不安そうだった。

道を渡った男は、家具工房のドアの前でちょっとためらったかと思うと、いきなり中へ突進した。彼は挨拶するファヨンをほとんど押しやるようにして、机の前に座っているウンソンの方へ歩いていった。彼が何を言っているのかは聞こえなかったが、正気とは思えないでたらめをしゃべり散らしていることは、聞かなくてもわかった。

ユンジョンが盗み見ている何分かの間に、店内の雰囲気はどんどん険悪《けんあく》になっていった。ウンソンは怯えきっており、ファヨンはすっかり腹を立てていた。男は自分の思いを訴え、哀願《あいがん》し、泣きじゃくり、次第に逆上しはじめた。

これ以上見ているわけにはいかない。ユンジョンは店に入っていった。

ユンジョンが入ってくると、二人の女性はちょっと安心したようだった。だが男には、ユンジョンのことなど見えてもいなかったらしい。彼は聞き取りづらい、もつれた発音でウンソンにずっと何か言い続けていたが、際限《さいげん》のないリフレインのように反復される「ウ、ウンソさんは私の気も知らずに」という言葉だけがかろうじて聞き取れた。

「どういうことなの？」

ユンジョンが聞いた。

ウンソンが答えた。

「わからないのよ。初めて会う人なのに、急に入ってきてこのありさま」

男は怒り狂っていた。足を踏み鳴らし、空中でげんこつを振り回していた。ユンジョンが開けておいたドアから男の怒鳴り声が流れ出て、見物人が集まってきた。しばらくするとパトカーが到着し、警官二人が降りてきた。みんなが男に気を取られている間に、ファヨンが警察にメッセージを送ったらしい。警官たちはじたばたと抵抗する男を店から引きずり出し、パトカーに乗せた。

「何て奴なんでしょ、ほんとに」

ようやく事態が落ち着くと、呆れたというようにファヨンが言い捨てた。

罪悪感と羞恥心《しゅうちしん》がのど元までこみ上げてきて、ユンジョンは何も言えなかった。

5

「侯爵は、ロチェスターの醜男《ぶおとこ》バージョンですよ」

ジョンのママがそう言った。

「ロチェスターの方が後でしょ」

ソ・ジウム教授がつけ加えた。

「わかってます、わかってます。でも、どういう意味かわかるでしょ、教授」

マジニ姉妹の凶悪な父親とロチェスターを比較するジョンのママの演説が根気よく続いていた。メンバーの半分は同意し、残りの半分はこのろくでもない人間をあえてロチェスターと比較すること自体に同意できなかった。シャーロット・ブロンテが物語を作る上で影響を受けた可能性もあるだろう。でも、侯爵とロチェスターは全く別の人間じゃないか？

「とにかく、アン・ラドクリフの小説はみんな似たりよったりなんですよ」

他の人たちより『ユードルフォの秘密』を先に読んだミジュのママが偉そうに言った。話は自然と、ジェーン・オースティンへと流れていき、誰かが『ジェーン・オースティンの読書会』という昔の映画と、そこにSF狂として出てくるヒュー・ダンシーという俳優の話を持ち出した。その誰かを除いては誰もその映画を観たことがなかったので、映画のあらすじの紹介がしばらく続いた。

ユンジョンはほとんど話に参加しなかった。ときどき合いの手を入れ、侯爵についていくつかコメントはしたが、とても会話に集中できなかった。

ユンジョンは今、あの男についてありったけのことを知っていた。名前はシム・チャンデという。アルコール依存症患者であり、酔って妻と一歳の息子にげんこつを見舞って離婚されていた。九か月以上失業しており、生活保護によってかろうじて衣食住をまかなえている状態だった。昼間のほとんどの時間は地下鉄の駅のまわりをうろうろして過ごし、日が沈むといつも酒浸《さけびた》りだった。一言で言って取るに足りない負け犬だ。前の職場にいたとき、事務所の机と棚を作るために、同僚たちと一緒にウンソンの工房を訪ねたことが一回だけあるが、それは一年前のことである。それ以来ウンソンに執着していたのだろうか？　警官はそう考えていたが、とにかくつじつまが合わない。これまで全く顔も見せなかったのに、なぜあの日突然、あんな騒ぎを起こしたのか？　ウンソンが自分を受け入れてくれるという妄想はどこから来たのか？　しかも彼は、ウンソンの名前すらちゃんと知らなかった。

ユンジョンはなぜ、あの男が店を襲撃する現場を押さえることができたのだろう？　初めのうちユンジョンは、あれは一種のテレパシーではなかったかと疑っていた。だが、追憶虫の関連資料をどんなに読んでも、テレパシーのことなど出てきもしない。ただの偶然と見るべきだった。考えてみると、そんなにおかしな偶然でもない。ユンジョンにはあの男の記憶、少なくともその記憶の痕跡があった。彼の計画を知ることは不可能だったが、運良くそのリズムに乗ることはできただろう。

店での騒動以後、ユンジョンはたまらないほど苦痛な何日間かを過ごした。追憶虫が持ってきてくれたウンソンへの感情は、最近何年間かに起きたことのうち最も不思議で、面白く、良いことだった。ところがふたを開けたらそれは、幼い子どもを殴り飛ばす暴力的なアルコール依存症患者のストーカー的な妄想にすぎなかったのだ。どうして今までそれを美しいものと錯覚していたのだろう？　ユンジョンはとうてい理解できなかった。

それが正解ではないということ、少なくとも正解のすべてではないということに気づいたのは、ほんの何分か前、まさにこのブックカフェでウンソンの顔をまた見たときだった。

考えてみよう。それらのすべてがシム・チャンデの妄想だとしたら説明のつかないことがたくさんある。ユンジョンが持っているウンソンの思い出のほとんどは、この上なく親密なものだった。それは、ウンソンのそばにいて静かに感情を育んできた誰かのものだった。シム・チャンデにはそんなチャンスがなかった。ユンジョンはウンソンの家について特別な記憶を持っていたが、シム・チャンデはウンソンがどこに住んでいるのかも知らなかった。

ユンジョンが受け継いだ記憶は、一人のものではない。少なくとも二人以上のものだった。

頭を一発、ガンと殴られたような気持ちだった。これでやっと話がつながる。追憶虫は宿主の記憶を他の宿主に伝染させる。そのプロセスがずっとくり返されればそれもありうる。誰かの記憶がシム・チャンデに伝染し、その伝染した記憶がまたユンジョンに移ってきて。それなら、シム・チャンデがあんな異常な行動をした理由も説明がつく。酒でぼろぼろになったあの男の頭脳が、追憶虫が持ってきた記憶をどのように解釈したか、十分に想像できるではないか？

そして、ユンジョンの前に追憶虫が通過してきた宿主は、果たして二人だけだったたろうか？　三人だった可能性も、四人だった可能性も、五人だった可能性もある。いや、人間ではない可能性もあった。ウンソンの家と結びついた記憶。それは、ウンソンの手の記憶だった。ただの手ではなく、途方もなく拡大された巨人の手。やっと思い出した。感染過程の中でこんがらがったのでなければ、それはワッフルの記憶でもありうるのではないか？　ワッフルが死んだのは、果たして偶然なのか？　追憶虫は人間の体に不思議なほど影響を及ぼさないが、老いた猫の場合も同じだろうか？

ユンジョンはその過程について考えてみた。追憶虫はまず、一次感染者の記憶と感情を抽出する。感染者は咳《せき》によって、その情報を持った幼虫を四方へまき散らす。ウンソンの顔を知らない人たちにとって、その情報に特に意味はなかっただろう。だが、ウンソンを知っている人たちには事情が違っていたはずだ。ウンソンを知っている新しい感染者は、その感情を自分なりに分析して受け入れる。そして、このようにして累積し、強化された記憶と感情が咳によってまた伝播《でんぱ》していく。あの記憶からその持ち主を特定できなかったことも、これで説明がつく。シム・チャンデの記憶があんなに簡単に埋もれてしまったことも、これで説明できる。

ウンソンへの愛が伝染病のように町に広がっているのだ。恩平《ウンピョン》区のアン・ウンソンファンクラブ。

誰かが咳をした。ジョンのママだ。季節の変わり目の風邪だろうか？　でなければ、ジヨンのママも感染しているのか？　ジョンのママにうつしたのはユンジョンだった？　薬が感染の可能性を八十パーセント程度減らしてくれるというが、残りの二十パーセントは？　それより前に感染していたとしたら？　最初から追憶虫に感染していた読書会メンバーが、ユンジョン一人ではなかったとしたら？　もし、この記憶を持った追憶虫にウンソン自身が感染したらどうなるだろう？　もしもユンジョンが、新しい記憶を追加した追憶虫に再感染したら、こんどはどうなる？　最初の感染者が追憶虫に蓄積してきた他の記憶のせいで、ウンソンへの気持ちに気づいたということはありえないだろうか？

ユンジョンはソファーに体をすっぽり埋めて、読書会の女性たちを眺めやった。偶然かもしれないが、ウンソンは今、みんなの視線が集まる中心に座っていた。ミジュのママがウンソンにピーカンナッツクッキーを差し出した。ウンソンがヒッポリトスに関するちょっとつまらない冗談を言うと、みんなが声を上げて笑った。店に来たストーカーの話が出て、みんながウンソンを慰《なぐさ》める。いちばん年下のウンソンは前から、会のみんなに可愛がられていた。だけど、以前から今みたいだっただろうか？

そんなこと関係ない。ユンジョンは心が安らぐのを感じた。この感情がどこから出発したものか、誰を経由したのか、どれほど多くの人たちとそれを共有しているかはもう重要なことではなかった。重要なのは、愛そのものだった。そのためにユンジョンの人生が変わることはないだろう。これからもユンジョンは、図体のでかいうるさい三人の男どもと一緒に、ぶつぶつ言いながら残りの歳月を生きていくだろう。だがウンソンへの愛はそのままだろうし、その後もユンジョンの一部として残り、彼女の人生を豊かなものにしてくれるだろう。そして、それは良いことだと、本当に良いことだと、ユンジョンは思った。

추억충 by djuna
Copyright © 2019 by djuna
Used by permission of Alma Inc.
through JM Contents Agency Co., in Seoul and Japan Uni Agency, Inc., Tokyo.
All rights reserved.

西加奈子「**韓国人の女の子**」

シン君に会った。

最初は気づかなかった。スーパーの前でスマートフォンをいじっている男の人がこっちを見てるな、と思っただけだった。私はテレビに出ているので、たまにこういうことがある。大概名前は覚えてもらえていなくて、「なんか見たことある」っていう程度の関心だ（だからマスクも眼鏡も必要なかった。自意識過剰と言われる）。

なんにせよ、こんなにジロジロ見てくるなんて面倒臭い人に決まっている。早足で通り過ぎようとすると、

「ハナ?」

そう、声をかけられた。私をハナと呼び捨てにするのは家族か、昔の、それもうんと昔の友人だけだ。顔をあげると、顔中髭《ひげ》だらけの、小さくて太った男の人が、「信じられない」という顔で笑っている。

「シン君?」

シン君は大きく手を広げた。

「懐かしい！　なんで？」

この場所でシン君に会うなんて。

仕事で大阪に帰ってきていた。時間が出来たから、ホテルで休もうと思ったのだけど、なんだか落ち着かなくて外に出た。とりあえずタクシーに乗って行き先を聞かれて、この街の名前を伝えてしまった。

20年近く経っているのに、何もかも昔のままだった。道路脇に急に現れるお地蔵さん、小さな郵便局、喫茶店を併設した理髪店。そこを曲がると、いつもカップラーメンを買っていた安売りのスーパーマーケット。その前に、シン君は立っていた。一つ年上のシン君は、じゃあ今は41歳になっているはずだ。

「ハナ、変わってへんなぁ！」

ハグする腕をほどいて、シン君がそう言った。信じられなかった。だって私は、このスーパーに来ていた頃の私とは、すごく変わったから。

「シン君も。」

「嘘つけや！　めっちゃ太ったやろ？」

笑っていいのか分からなかった。でも、シン君が大声で笑っているから笑った。

「ハナの活躍は知ってんで。」

「嘘やん。」

シン君を前にすると、長らく使っていなかった大阪弁が自然に出る。

「ほんまやん。こないだもテレビ見たって！　なんやっけなぁ。」

私はエッセイストだ。7、8年ほど前からテレビに出ているのは、いわゆるコメンテーターとして呼ばれるから。テレビ画面に映った私の下に現れるポップアップには「エッセイスト。一児のシングルマザー」と書かれる。

シングルマザーであることは、どうやら私の「売り」だった。結婚をせずに子供を産んだことを書いたエッセイが思いのほか売れ、それからちょこちょこテレビに呼ばれるようになった。

「サティなんか、ハナの本全部持ってるで。」

「サティが？」

シン君とサティが結婚したことは知っていた。サティが手紙を送ってくれたのだ。連絡先を変えていたし、昔の友人には一切伝えていなかったから、出版社宛に届いた。

「なんでこんなとこおんの、有名人が。」

「有名人なんかやないわ。」

シン君が嫌味を言うような人ではないことは分かっていた。まっすぐこちらを見るシン君を見ていると、20歳の頃のようにはにかんでしまう。

「仕事で帰って来てるんやけど、ちょっと時間出来てん。近くやったし、それで。」

そこから少し沈黙した。私から聞くべきなのか迷った。聞かないのも意識しているみたいでおかしい。ぐずぐずしていると、

「ガクとは連絡取ってるん？」

シン君の方から言ってくれた。ガク。名前を聞くだけで体のどこかが鳴る。

「ううん。」

「そらそやんなあ。俺も全然会ってないで。」

「え、そうなん。」

「せやねん。あいつ携帯の番号変えてさ。」

いつかインターネットで見た電話番号だろうか。それを見つけた瞬間、私は何年も会っていないガクの電話番号をはっきり覚えていることに驚いた。そして数秒後にやっと、こ

んな風に個人情報が晒《さら》されているガクの境遇を思って震えたのだ。

「あいつ結婚してん。」

「そうなんや。」

「帰化したらしいねん、ガク。」

「え。」

「信じられへんやろ？　なんか、子供が出来て結婚したんやけどな。奥さんと向こうのお父さんにどうしても、て頼まれたらしいで。」

そんなん、と声に出たけれど、それ以上続かなかった。

「ガクから直接聞いたわけやないねんけどな。」

「誰に聞いたん？」

「ガクのおかん。まだこの近所に住んでるよ。」

「そうなんや。」

それからとうとう、何も言えなくなった。

ガクが帰化した。

ガクが日本人になった。

そのことに、自分でも驚くほどのショックを受けていた。そして、そのショックの多くを占めていたのは、あの子がいなくなってしまった、ということだった。私たちの間にいた、あの「韓国人の女の子」が。

ガクに初めて会ったのは、アメ村にある小さなクラブだ。

地下に続く急な階段を降りて扉を開くと、ほとんど正方形のフロアがあって、少し高い位置にＤＪブースが設置されていた。お酒のせいか、みんなの汗のせいか、フロアはいつもなんとなくベトベトしていて、一つしかないトイレは落書きと吐瀉物《としゃぶつ》で汚れていた。そのトイレが嫌だから、私たちは外に出て、コインパーキングにある自動販売機の裏で用を足したものだった。サティとしゃがみながら、私たちはいつも大声で笑った。サティは膣にピアスをしているからなのか、おしっこがいつも思いがけない方向に飛ぶのだ。

私はドラッグストアでアルバイトをしていた。バイト仲間のシン君に、イベントに誘われた。背が小さくて、黒目がちの目をしたシン君。優しくて面白いシン君。店頭に商品を並べるとき、通りに綺麗な女の人が通ると、わざと大きな声で、

「ウィスパー多い日の夜用大変お安くなっておりまーす！」

そう叫んで赤面させたり、閉店後にコンドームをポケットにパンパンに入れて帰ったりした。シン君のことがみんな好きだったし、私はもっと好きだった。だからシン君に誘われたイベントには、全部参加していた。

シン君はＤＪだった。オールドスクールのヒップホップをかけて、自分も古着屋で見つけた古いアディダスのジャージを着ていた。私もその日は、アディダスのジャージを着て行った。

「お、ハナ、俺らおそろいやん。」

「ほんまやな。」

カウンターに行くと、サティが意味ありげに笑った。

「ハナは分かりやすいねん。」

「分かりにくかったらあかんやろ。」

いつもＤＪはシン君とMEN-bow君という男の子だった。でもその日は、もう一人別の男の子がいた。

MEN-bow君はアフロヘアに大きな眼鏡、ブリンブリンのネックレス、シン君と同じようなオールドスクールな、いかにも「ヒップホップ」、というような格好をしていたけれど、もう一人の男の子は違った。ボサボサの髪の毛は目も耳も隠していて、ピタリと体に沿う黒い服を着ている。どう見ても場違いという感じだ。中でも私が一番おかしいと思ったのは靴で、なんかもう、牛の角みたいにピカピカに白く光って尖っていた。

「どこで買うねやろあの靴⁉」

サティが耳元で叫んだ。

「ほんまやな、人刺せるであれ！」

それがガクだった。

ガクはシン君の幼馴染《おさななじみ》で、中学2年生から引きこもりだった。といっても学校に行かないだけで、シン君と一緒に遊んだり、障害を持った子供たちの学童保育をするボランティアをやったりしていたらしい。２ヶ月間アイルランドの語学学校に留学して、最近帰ってきたそうだ。

シン君は、一つ年下のガクのことが可愛くて仕方がないらしく、ガクがそばを通るたびに急に背中にしがみついたり（ガクの方がうんと背が高かったから）、自分が吸っているタバコの煙を吐きかけたりした。ガクはずっと無表情だった。変な子やな、と思った。

「引きこもりってどんなん？」

カウンターで一緒になった時、私から話しかけた。ガクはロンサカパというラムをストレートで飲んでいた。

「アホがする質問やな。」

ムッとしたけれど、失礼なのは私の方だと思い直した。だから謝った。

「ごめん。なんか気まずかったから適当に聞いてしもた。」

ガクはちょっと驚いた顔をして、私を見つめた。不自然なほど長く。それからポケットに手を入れて、白い筒状のものを取り出した。ドラッグストアで働いているからすぐに分かった。鼻孔に噴射する鼻炎スプレーだ。私が見ていると、ガクは私の目をじっと見ながら、鼻にスプレーを突き刺した。薬液を鼻から垂らしているガクを見て、思わず吹き出してしまった。

「なんで笑うねん。」

「だって、それってそんな風に人の目見ながらやるやつちゃうやん！」

「そんなん、説明書に書いてへんやろ。」

私はもっと笑って、ガクは笑わなかった。私の顔を見続けた。

「お前、変な顔やな。」

連絡先を交換したけれど、それからすぐにガクに恋をしたわけではなかった。私は相変わらずシン君が好きだったし、バイトのシフトはなるべくシン君に会えるように調整していた。でも数日後の夜、私はガクにまた会ったのだった。

私は酔っ払っていた。飲み会の帰りだった。梅田からタクシーに乗ったのだけど、途中で吐いてしまって、無理やりタクシーを降ろされた。ふらふら歩いていると、スタンスミス（これもシン君とお揃いだったから買ったのだ）も自分のゲロで汚れていることに気づいた。

難波神社でスタンスミスを脱いだ。階段に座り込んでペットボトルの水を手にかけ、素手で靴を磨いた。私はすごく酔っていた。

人が立ってる、と思ったのと、顔をあげたのと、目の前にだらりと垂れ下がった陰茎があったのが、なんだか全部同時に起こった。声を出したように思ったけれど、その時にはもう後頭部を大きな手で押さえつけられていて、私の顔はその人の下半身に埋もれた。

なんでこんな場所でここ御堂筋《みどうすじ》やでああでも夜の3時か人は通らへんかていうか怖い怖い怖い怖い怖いこわい。何秒くらいそうしていたのか分からない。私にはものすごく長い時間に思ったけれど、多分数秒だ。息が苦しかった、それは口が塞がれていたからではなくて、私が呼吸をしていなかったから。

頭を離されて、ものすごい開放感があった。思い切り息を吸ったけれど、声が出なかった。走ってゆく足音と、男の人たちの笑い声が聞こえた。何やってんだ、とか、捕まるでお前、とか言っていて、きっと合計で四人くらいいた。

私は這って逃げた。腰が抜けていたのだ。ガクガク震える足を叩いて、なんとか立ち上がるまでに時間がかかった。それからは全力で走った。スタンスミスを片方置いて来てしまったけれど、取りに戻ることなんて出来なかった。

気がついたら御堂筋をだいぶ北に戻っていた。やっと我にかえって、目についたコンビニに飛び込んだ。コンビニの明るさに、知らない店員の普通の態度にめまいがして、すぐに外に出てしゃがんだ。震える手で携帯を手に取ってコールをしたのは、サテイでもシン君でも、もちろんお母さんでもなくて、なぜかガクだった。

ガクは電話をして10分もかからないうちに来た。黒光りした大きな車に乗って、魔法みたいに早く。運転席から出てきたガクは、長かった前髪を眉毛の上で真っ直ぐに切りそろえていた。痩《や》せたカッパみたいだった。

「あんた免許持ってるん?」

「持ってる。」

「引きこもりやのに？」

「引きこもり割引で取ったんや。」

「何その車。」

「ソアラじゃ。」

「ヤクザみたいやな。」

「ええから早よ乗れ。」

ガクは私をソアラに乗せて走り出した。

法定速度をうんとオーバーして、南港の方まで行った。ソアラを降りても、二人とも何も喋らなかった。東の水平線から太陽が昇ってきて、それはまるっきり馬鹿みたいな明るい光で、私より先にガクが泣いた。

そのままガクはうちに来た。そして、帰らなくなった。

私たちは片時も離れなかった。ガクは親にお小遣いをもらっている引きこもりだったし（まだニートという言葉はなかったと思う）、私は呑気《のんき》な大学生だった。その上、親に頼んで引越しまでさせてもらった。ガクの実家の近くだ。６畳一間のマンションはガクの服やレコードで溢れ、床にはガクが持って来た本が高く積まれた。

ガクは難しい本ばかり読んでいた。シン君は年下のガクのことをとても尊敬していた。

「あいつめちゃくちゃ頭ええねん。時々喋ってると怖なるもん。」

そのことをガクに伝えると、眉間《みけん》に皺《しわ》を寄せる。

「シン兄が阿呆過ぎんねん。」

ガクは言葉が悪かった。私も人のことは言えなかったけれど、ガクはなんていうか筋金入り、という感じだった。ブスとか死ねなんて序の口だった。きちがい、バクソ、ポン助、シャブヅラ、ありとあらゆる汚い言葉を使った。怒ってる時だけじゃなく、例えば私に愛を表明する時にも、そんな言葉を使うのだ。

「ハナ好きやでどついたろかこのオメコ。」

いつしか私にも、ガクの口の悪さが移ってしまった。

「うちも好きやでイテコマしたろかチョン。」


ガクは在日朝鮮人だった。シン君が「在日」なことは知っていたけれど、

「シン兄ちゃんは韓国籍や。」

ガクとシン君は、3世と呼ばれる世代だ。二人ともルーツは済州島で、おじいさんもおばあさんも戦前から日本に住んでいた。

朝鮮籍というのは、戦前から日本にいる「朝鮮人」に、自動的に与えられた記号だ。日韓関係正常化の後に出来たのが韓国籍で、つまり在日朝鮮人たちには、韓国籍になる選択肢が与えられた。でも、ガクのお父さんも、シン君のお父さんも韓国籍を選ばなかった。アメリカが嫌いだったからだ。アメリカの傀儡《かいらい》政権だった韓国ではなく、朝鮮籍でいることを選んだというわけ。それはすなわち、北朝鮮籍になるのだけど、日本と北朝鮮は国交がないから、韓国籍以外は朝鮮籍となるのだそうだ。

MEN-bow君もガクと同じ朝鮮籍で、それはどうしてかというと、いつかまた戦争になった時、韓国籍だったら徴兵される可能性があるかららしい。私は、韓国に徴兵制があることも知らなかった。

「シン兄も元々は朝鮮籍やったけど、変えたんや。韓国籍に。」

「なんで?」

「ヒップホップ好きやから、いつか絶対にアメリカには行くやろ?」

「朝鮮籍やったらアメリカ行かれへんの?」

「行かれへんことはない。MEN-bowも昔家族でハワイ行ったらしいで。ただ手続きめっちゃめんどかったらしいわ。」

「日本国籍に変える人はおらんの?」

そう言った私を、ガクはうんざりした顔で見た。

「お前、よう簡単に言うてくれんのう。」

「だって、日本に住んでるんやから。」

ガクには選挙権がなかった。だから、選挙権を持っているのに選挙に行かない私をなじった。選挙カーが横を通るとわざと手を振る。そして、「よろしくお願いします」と言われたら「ほな選挙権くれや」と叫ぶのだ。そんなことをするのなら、選挙権がもらえるように日本国籍になればいい。私がそう言うと、ガクは白目を真っ赤にして私を睨んだ。

「お前は何も分かってへん。」

ガクは教育熱心なお父さんに、小さな頃から「弁護士か医者になれ」と言われて育った。それはガク曰《いわ》く、「当時在日がなれたエリートの二択」だったそうだ。小学校から国立大学の付属校に通わされたのだけど、日本人に帰化させる気はお父さんにはなくて、朝鮮人のアイデンティティを大切にしろと言われた。でもそこで、在日という理由で「死ぬほど」いじめられたのだそうだ。

「俺の人生も分断させられてる。」

お父さんのお友達が北朝鮮に帰る時は家族で多額のお金を出して、でも北朝鮮にいる親戚に会っても言葉が通じなかった。ついでに小さい頃はお母さんに女の子の服を着させられて、女の子として育てられて、でもお父さんや親戚には「強くなれ」と言われてボクシングを習っていた。

「俺は、俺がどこにおるんか分からん。」

私と出会う数ヶ月前に、ガクにとって決定的なことが起こった。

アイルランドに行った時だ。乗り継ぎのロンドンのイミグレーションで止められたガクは、小さな部屋に連れてゆかれた。北朝鮮のパスポートを持って日本から来たガクに、入国審査官はこう言ったそうだ。

「フーアーユー?」

そんなセリフ、映画でしか聞いたことがなかった。

「なんて答えたん?」

「お前こそ誰や、て言うたよ。」

入国審査官がなんて答えたのかは聞かなかった。

ガクは書類に山ほどNorth Koreaと書かされたけれど、入国審査官は結局それを線で消して、その上からXで始まる数字を書いたそうだ。後から知ったことなのだけど、それは難民を意味していた。

「もし俺が強制送還になった時、どの国に送り返したらいいんやって。」

ガクはこの話をする時、いつもよりまばたきが多くなった。それはなぜか、私と出会うんと前のガク、小さな頃のガクを思い起こさせた。

「腹立ったけど、誰をどついてええんか分からんかった。俺はこの件で、誰に怒ればええん？」

頭に血が上るのが速かったし、目つきも悪かったけれど、ガクはとても優しかった。道端で死んでいるネズミや雀がいれば、それがどんなに悲惨な状況でも、なんとか拾って土に埋めて、手を合わせた。年を取った人や障害のある人が電車に乗っていたら絶対に「何か手伝える？」と声をかけたし（敬語は使わなかったけれど）、一人で遊んでいる子供を見つけたら、日が暮れるまで一緒に遊んだ。

もちろんその優しさは、私にも向けられた。ガクは私が置いてきたスタンスミスの代わりに、赤いバンズをプレゼントしてくれた。靴屋で万引き（ほとんど窃盗）したものだと後で知ったけれど、嬉しかった。ガクはいつも、召使みたいに慇懃《いんぎん》に、私にそれを履《は》かせてくれた。疲れたらおんぶしてくれたし、ご飯を食べるのが面倒臭い時は、プラスチックのスプーンを使って食べさせてくれた。私はガクという優しい服を着ている子供みたいだった。

でも、そんなガクと、私はよく喧嘩をした。

大抵つまらないことから始まった。遊びに行きたかったのにガクが起きない、ガクに買ってきてって頼んだ鎮痛剤の銘柄が間違ってた、私がシン君の話を嬉しそうにしすぎる、私がガクの大切にしているレコードを窓辺に放置した（直射日光に当たると曲がってしまうらしい）。

最初は汚い言葉で罵《のの》り合うだけだったけれど、最終的には二人とも暴れた。ガクは壁に穴を開けたし、お風呂場の扉を壊したし、私はガクのことを殴って、蹴って、一番ひどいときは、ソアラの上でジャンプしてボンネットをへこませた。

最悪なのは、最終的にいつも「こっちの方がどれだけ大変か」合戦になることだった。ガクは「お前に在日の気持ちは絶対に分からん」と叫び、私はガクに「あんたに女の気持ちは絶対に分からん」と叫んだ。

私はあれから、時々恐怖がフラッシュバックした。どんなに人がいても夜は一人で歩けなくなったし、難波神社には近づくことも出来なかった。あとから色々思い出すと、「あれ」をしたのはサラリーマンで、だからスーツの人たちが集団でいたり、男の人が複数で笑い声をあげていると、怖くて体が固まった。

そして、もっと思い出すと、そもそも大学の飲み会の時点で、女の子だけめちゃくちゃ飲まされたし、卑猥《ひわい》なことを耳元で言われた。もっともっと思い出すと、三つ年上の男の子相手に処女を喪失した時、「痛い」と言ったのにやめてくれなかったし、頼んでも避妊具をつけてくれなかった。もっともっともっと思い出すと、ブルマを穿いている私たちを見る先生の顔がすごく気色悪かったし、水泳の授業をズル休みしないように生理の周期を記録させせられていた。当時は何とも思っていなかったことに対して、私は遡って怒った。そしてその怒りを、全てガクにぶつけた。

自分の体の中に、こんなに強い怒りがあることが信じられなかった。人を嫌いたくなかったし、人にも嫌われたくなかったから、私はなるべく穏便に生活を送っていた。でも、ガクを前にすると、私は簡単に理性を失った。ガクは驚くほど的確に私の怒りに火をつけた。こんなに腹の立つ人間に会ったことがなかった。喧嘩の最中、私は何度もガクを殺そうと思った。それともガクに殺されて、一生後悔させてやりたいと思った。

「お前に在日の気持ちは絶対に分からん。」

「あんたに女の気持ちは絶対に分からん。」

ガクを傷つけることに心を砕きすぎて、そして、ガクよりも生きることが困難な自分を誇示したくて、私はあの晩股間に顔を押しつけられただけではなく、いっそレイプされたら良かったとすら思った。そんな風に考える自分をおぞましいと思いながら、あの時押しつけられた陰茎がだらりと垂れ下がって、ちっとも大きくなっていなかったことを今更思い出して傷ついたりもした。ガクといると、自分がどんな人間なのか分からなくなった。

喧嘩が終わると、いつもお互いぐったりした。耐えられへん、毎日そう思った。でも私は、ガクのことが好きだった。ガクも私のことが好きだった。お互い絶望するほど好きだった。

「韓国人の女の子」は、そんな不毛な喧嘩をしないようにするために、ガクと私が編み出した回避策だった。「在日の気持ちが絶対に分からない私」と、「女の気持ちが絶対に分からないガク」の、ちょうど中間はなんだろうと話し合った結果、それは「韓国人の女の子」なのではないか、ということになったのだ。

もちろん、おかしな話だということは分かっている。「ちょうど中間」の人間なんていないし、かろうじてあるとしたら「在日の女の子」が、きっと正しい。でも、その子は、その存在は、片言でなくてはいけなかった。自分の意見をベラベラ喋らず、大切なことだけを静かに言葉にして、世界を丸ごと受け入れ、そして何より優しくなければならなかった。

「サランヘヨ。」

一番盛り上がるのは、おかずやお菓子が一つ余った時だ。「韓国人の女の子」は、もちろんそれを分け合うのだけど、ただ分け合うのではない。

「タケシマ?」

「ドクト?」

竹島であり独島である島を分け合う。

「ドウジョー。」

そして、微笑み合うのだ。

「韓国人の女の子」は、どこにでも出没した。神出鬼没だった。クラブで朝まで踊ったり、パチンコ屋の前に繋がれている柴犬を撫《な》でたり、ソアラの中で大声で歌ったり、大麻を分け合ったりした。

どちらかが「韓国人の女の子」になると、すぐに分かった。口角をあげ、いかにも慈愛に満ちた微笑みを浮かべた時がそうだった。そして、片方が「韓国人の女の子」になったら、もう片方も必ず「韓国人の女の子」にならなければいけなかった。私たちはどんな時だって、そのルールだけは律儀に守った。

「みんなが『韓国人の女の子』やったら、世界はもっと美しいやろうな。」

いつかガクが言った。私もそう思った。

ガクとは1年間しか一緒にいなかった。たった1年だ。

ある日、ガクが朝方帰ってきた。浮気を疑っていた私は家中のものを投げてガクを責めたけれど、ガクの手や服に血がついているのを見て黙った。

シバいた、ガクは言った。

道で客引きをしている女の子に絡んでいたサラリーマンに、後ろから蹴りを入れて、そのまま馬乗りになって殴ったのだと。酔っていたけれど、冷静だった。とにかく衝動が抑えきれなかったのだそうだ。

「そんなん、」

私がそこまで言うと、ガクはやっぱり、私より先に泣いた。

「そんなん間違ってる。」

ガクが瞬きをした。何度も何度も。それから、しんどい、と言った。

「お前とおるのんしんどい。」

私もそうだった。

「めっちゃ好きやけど、しんどいねん。」

普通に別れることとは出来ないだろうと思った。ガクがいる土地を、ガクがいない状態で生きてゆくなんて、私には絶対に出来ないだろう。

大学を辞めた。両親に泣かれた。ひどい娘だと思う。同時に、ひどい人間だった。私は全ての友達との連絡を絶った。そして東京へ行った。体が引きちぎられるようだったけれど、それでも私はそうした。自分にこんな大胆なことが出来るなんて信じられなかった。

東京行きの夜行バスの中で、小説家になろうと、唐突に思った。ガクとのこの関係を、いつか小説に書こうと。小説なんて書いたことも、読んだこともなかったのに。

でも結局、それは果たせていない。

ホステス、テレフォンアポインター、コーヒーショップの店員、色んな仕事をしながら、私はだんだん東京に慣れていった。

東京は、急な流れの川のようだった。自分で自分を傷つけてしまうほど尖っていた私の体は、その流れに抗《あらが》いきれず、翻弄《ほんろう》され、どんどん削られた。自分の輪郭が丸みを帯びてゆくにつれ、少しずつ人の痛みを想像する余地が生まれた。人を受け入れ、人に受け入れられることに寛容になった。

そうして、毎年当たり前のように年を取り、あらゆる人と恋に落ち、寝て、家族になるつもりがない人との間に子を儲けた。予想外の妊娠ではなく、はっきりとした意思を持った妊娠だったこと、産まれてきた子供を見た瞬間、自分の人生がたった今始まったのだと思ったこと、いつかそのことを子供に伝えるために、エッセイを書いた。

出版社に売り込んで、優秀な編集者に出会えた。私の本は出版され、優しい読者に受け入れられ、いつしかテレビにも呼ばれるようになった。でもそこで私は、私が選んだことが特別なことだったと思わざるを得なくなった。

日本という国で、意思を持ったシングルマザーとして生きてゆくことは、それを選ばなかった人たちにとって、たくさんの驚きと困難のある人生なのだった。私はテレビに出て初めて「子供がかわいそう」という反応に出会った。「みんなシングルマザーになりたくてなっているんじゃないのに」という反応にも、「子供を商売道具に使っている」という反応にも、初めて出会った。

私は女性蔑視やマイノリティ差別と戦うようになった。パネルや講演会に呼ばれたら積極的に出かけ、たくさんの人と意見を交わした。マイノリティにはもちろん女性だけではなく、あらゆる人が含まれた。もちろん在日外国人たちもだ。

ある日、インターネットを検索していたら、大阪で起こったヘイトスピーチの動画を見つけた。その中にガクがいた。

ガクは、デモ隊の前に乗り付けたトラックの荷台にいた。ターンテーブルが設置されたそのトラックには、ガクの他に女の人と男の人が一人ずついた。ガクが大音量で流していたのは吉本新喜劇のテーマソングだった。関西の人なら誰でも一度は見たことがある新喜劇のあの音楽は、気が抜けていて、ちゃんとアホで、信じられないくらいその場にミスマッチだった。でも、だからこそ、誰がどんなひどいことを言おうと、それは新喜劇の一幕みたいなコメディに見えた。

その時の私の気持ちは、うまく説明できない。懐かしさ、痛み、羞恥に似たもの、誇らしい気持ち。そして、その感情のどれも、自分に感じる権利はないように思えた。

ガクの名前を検索すると、日本名と韓国名、写真、電話番号が晒されていた。デモの時に撮られたのだろう、写真のガクはすごく疲れているように見えた。よく見ると鼻の下が濡れていて、それが鼻水なのか花粉スプレーの薬液なのか、私には分からなかった。

ガクが帰化した。

ガクが日本人になった。

私たちの間にいたあの「韓国人の女の子」が、いなくなってしまった。

そんな風に思いながら、私はシン君に会うまで、「韓国人の女の子」のことなんて、綺麗に忘れていた。つまり「韓国人の女の子」はとっくにいなくなっていたわけだけど、ガクの帰化がそれを決定的にした。

「そんなん、」

間違ってる。間違ってる？　少なくとも、間違っていた。

そうだ私たちは、間違っていた。

正直、韓国人の女の子がどういうものか分かっていなかったし（韓流アイドルなんてその頃はまだいなかった）、きっともう私たちの振る舞いそれ自体が、女性蔑視で外国人差別だった。お互いを「オメコ」「チョン」と呼び、喧嘩の時はそれを盾に罵り合って、都合の悪いことには蓋をした。

ガク、私たちは間違っていた。

「サティも会いたかったと思うで。」

シン君が言った。

「私も会いたいよ。」

それでも、今の私には、私たちには、「韓国人の女の子」を作ることは出来ない。あの優しい女の子を。その事実だけでもう、あの頃より今の方が間違っているような気がする。

いつからか、誰かの「正しさ」のために戦おうと思う時、「正しいこと」をなぞろうとする時、「正しいこと」を話している時、体のどこかが軋むようになった。簡単な場所ではなかった。私も触ったことがない、どこか分からない場所だった。自分自身でも気づかないほどの、疼《うず》きと言っていいほどの動きだった。いっそ、強い痛みを伴ってくれたらいいのに、それにはわずかな痛みすらなかったから、私はそれを無視した。何度も何度も無視した。

「私行かなあかんわ。」

「おお、そうか、ごめんごめん。テレビ？」

「ううん、ラジオ。」

「聞くわ！」

「ええよ、聞かんといて。」

「なんでやねん！」

シン君と別れて、しばらくそこに立っていた。大通りに出ないとタクシーは通らないはずだ。でも、私はその場を動かなかった。

今日はラジオで、何を話すんだっけ。用意してきたはずの言葉をたぐり寄せながら、私は手を伸ばした。歩道から大きくはみ出して、ほとんど車道の真ん中で、誰も通らない道に向かって。

ハン・ガン「**京都、ファサード**」斎藤真理子＝訳

한강 / 교토、파사드

1

去年の十二月、あなたにまた会ったね。

私たちが京都で別れたのが二〇〇四年の秋だったから、ちょうど十三年ぶりに。

二十歳のときから知っていたあなたは、私と似て中背でほっそりした体型だったけど、あの夜のあなたはすごく背が高かった。少なくとも一八〇センチはありそうだったね。背だけ伸びたんじゃなくて、男の人みたいに肩幅が広く張ってたし、着たこともなかった革ジャンをバイクのレーサーみたいに羽織《はお》っていて。腰まで伸びたストレートヘアと、にっこりと目で笑ってみせたのだけは昔と同じだった。

うろたえたけれど、とにかくまずは、あなたをハグしなくちゃと思ったの。久しぶりなんだから。ずうっと、二度と会えないと思ってきたのだから。だけど、やっと一六〇センチを越すぐらいの私があなたの肩を抱いてたたいてあげるなんて、できそうになかった。大きなあなたの両腕が私の背中を抱いたら逃げ出せそうにないと思い、なぜだかそれは危険なことに感じられた。体が震えるぐらいに。

私がためらっていることに、あなたは感づいたようだった。あなたの表情がだんだん冷たくなっていって、私はそっちの方がもっと怖かった。

どうして来なかったの？

真剣な声であなたが聞いた。それがどういう意味なのか、私はすぐにわかった。

ごめんね。

私は答えた。

具合、悪くて、行けなかった。

でもその瞬間、体調のことをあなたに言うなんて恥知らずだと、私は思ったの。一週間前の夜、大学の同期生に送られてきた一斉メールを受け取ったとき、ちょうどひどい偏頭痛が始まったところだったのは事実だけど、それでも決心すれば私はあなたのところに行けたはず。常備薬として家に置いてある、強い錠剤《じょうざい》を一握り、口に放り込めば。翌日も、その翌日の出棺《しゅっかん》直前の早朝にもチャンスはあった。二日間、混乱した頭でベッドに横たわり、薬ではおさまらない痛みが通り過ぎてくれることを無力に待っていたけど、でも、無理をしてでも鎮痛剤をもっと飲むことはできたし、家の前までタクシーを呼んで、一山《イルサン》の病院に行くことはできた。あなたの日本人の夫が一人で喪主を務めていたという、その静かな遺体安置所に。

だけど私はそうしなかった。

そんなに無理して行っても、そこであなたが待っているわけじゃないもの、と自分にむかってつぶやいていた。もう全部終わってしまった。ばらばらになるしかない。

それを知っていたから、あなたの目はあんなに冷たく私を凝視してたんだよね。

それで私に会いに来たの？

抗議しに？

それとも、罰するために？

ごめんね。

と、私はもう一度あなたに言った。

まるであなたになったみたいに、私は自分の震える声をはっきり聞いた。その三つの音節が、京都で最後にあなたに会った午後、私が何度もくり返した言葉だったことに気づいた。

(ごめんね、ミナ)

(怒らないで)

(ほんと、ごめん)

2

健康状態も、私生活もどん底だったあの冬、夢の中からもう泣いていて、ゆっくりと、洗顔するように涙を拭きながら目覚めた朝があったけれど、おかしなことにあなたの夢を見て覚めたときには泣いていなかった。その代わり私は、震えていた。ふとんをかぶっていたのに、震えのために歯がぶつかるほど寒かった。

あなたを抱きしめたら、寒くなかっただろうか。
あなたがどんなに大きくても、勇気を出して力いっぱいあなたを抱いていたら。
あなたの真っ暗な懐《ふところ》から永遠に出てこられなくてもいいと思えていたなら。
そんなことができる勇気が
そんな恐れ知らずの勇気があのとき、
たった一瞬でも私にあったなら。

3

その怖い夢を私は早々と忘れていった。
冬が行き、春がまた過ぎて、あなたとは関係ない私の身辺事情がさらに悪化したから、なおのこと。

何も解決されず、よくなるという希望も持てなかった、ひどく暑かったこの七月下旬に、京都を描いた絵を手で製本した二冊の本に出会ったのは、純粋な偶然だった。

低めの木造の建物のファサードたち。
中の空間の光と匂いと記憶が滲《にじ》み出てくるような、もしくは
まだ滲み出てくることができないまま、停止してしまったように
絵の具に密封された色彩の表面たち。

MUJI CAFE & RESTAURANT

TRAVELING COFFEE

そして京都の落ち着いた人々。
停留所で、
バスの中で、
カフェで、
食堂で、
図書館で、
立ったり座ったりしている
うつむき、またぼんやりと頭を上げた
一人だったり、
ひとと一緒にいても一人のような人たち。
愚《おろ》かにも、長い髪の女性がページの中に現れるたび、目が止まった。

そこにあなたがいるわけはないのに。
それはイラストレーターが二〇一七年の十二月から二〇一八年の二月までその街に滞在して描いた絵で、あなたは二〇一七年十二月にはもう、そこにいなかったのだから。

抗がん剤治療に失敗したあなたはそのときもう一山にいて、あなたの時間はもう、そこから先には進まなかったのだから。

4

ヨーロッパで、ファサードという言葉は
建物だけではなく、人にも使われるよね。
他人に見せている、それぞれの原則と習慣に
よって形の決まった、世の中に向けている建物
の前面のような、態度や性格の全体のアウトラ
インのこと。

この絵の中の顔と肩と後ろ姿には
とうてい隠せない孤独がある。
絵の具で完全に密封できなかった
建物の内側の空間の光や、匂いみたいに。
口をきゅっとつぐんで無表情な顔をしたこの
人たちから

内心を読み取れない微笑を浮かべた人たちから
かすかに、音もなく滲み出してくる何かがある。
ある、揺らぎが。
何らかの決意と忍耐と頑固さが、または弱さが。
またはそれらの影が。

あなたは知ってる?
私たちがお互いのファサードの中に入ったことがあるのかどうかを。

5

大学三年生のとき、あなたと私はずいぶん一緒に行動していたよね。一緒に講義を聴き、一緒にごはんを食べ、電車に乗った。当時あなたは同じ学科の親しかった友だちと恋人を同時に失った直後で（彼ら二人が恋に落ちたせいで）、心を許せる新しい人が必要で、たぶんそれが私なんだと、あのとき私は思っていた。

会うと主にあなたがしゃべって、私はじっとそれを聞いていたと思う。あのとき私は今よりも口数が少なかったでしょ。誰にも理解されないだろうと思っていた悩みを、心の中に、地獄みたいに抱えていたころだった。私たちは主にあなたの悩みについて会話し、だからっていつも深刻一辺倒だったわけではなくて、二人で冗談を言い合い、一緒に笑ったりもしたよね。秋の日、ほかの友だちも一緒に、もみじのある植物園を見に行ったことも思い出す。

四年生の二学期、卒業したら日本に行くとあなたが言ったとき、私は驚いたけど、すぐに理解できたよ。私が知るかぎり、あなたは情熱もあり野望もある人だったし、それを支えてくれる語学の実力も飛び抜けていたから。駐在員だったお父さんに連れられて大阪で暮らした小学校の五年間を幸せな記憶としていつも思い返していたのも、知ってたし。

その後、猛勉強の末に、あなたは京都のある大学から合格通知を受け取ったね。難関だといわれる国費奨学金も獲得したと言ってた。出発する何日か前、私が見習い記者として働いていた雑誌社に、私の仕事が終わる時間に合わせてあなたは訪ねてきたね。あなたと一緒に、韓国風建物を改造した料理屋に行ったことを覚えてる。外国に旅立つ友だちだから、好物のチヂミとカルグクス（うどんのような麵類《めんるい》）をおごってあげようと思って。


いつものようにその日も、あなたが主に話し、私は聞いていたと思う。夜が更けて、あなたがバスに乗って去るのを私は見守り、バスが遠ざかるまで手を振っていた。

今もはっきり覚えてる。

バスの奥の方へ歩いていき、いちばん後ろの座席のすぐ前に立ち、丸い吊り革に手首をひっかけて、私に向かって笑いかけたあなたの顔。

前歯の間がちょっとあいていて、笑うとどことなく、意地悪な子どもみたいな。

日本に到着すると、あなたは独特のさっぱりした筆跡で手紙をくれた。

（あなたがペンで書いた住所の漢字の書体がきれいで、私はびっくりしたんだよ）

あの停留所の前に立っていた私の姿をしきりに思い出すと、あなたは書いていた。

優しく微笑んでいたあなたの顔が
なぜか心強く見えたあの顔が、
私にとっては韓国を思うとき、自動的に思い浮かぶ一つのイメージになってるの、と。

あの手紙を読んで私は恥じた。

私はほんとにあなたの良い友であり、強く優しい人間だろうか？

あのとき心から、あなたの良い友に、信じるに足る人になりたいと願ったことを思い出す。

もしかしたら私たちの友情はあのとき初めて生まれたような気もする。

あなたがあの手紙を書いてくれて、私がそれに値《あたい》する友になろうと誓ったあの瞬間に。

その後私たちはハガキで、電子メールで、様子を知らせあってきたよね。

私が知るかぎり、あなたは一度も韓国に来なかった。

あなたが来る代わりに、あなたの家族がときどきあなたに会いに行っていた。

京都の近くの海岸都市で大学院を修了して
そこで出会った日本人男性と結婚して京都に住み着くまで、あなたは故国に足を踏み入れなかったね。

飛行機で二時間の日本が、まるで地球の反対側の遠い国でであるみたいに。

6

思い出す。

二〇〇四年十一月の京都を。

そこであなたは講義と通訳をしながら忙しく暮らしていて、私は昼間、一人であの街のあちこちを散策したっけ。

五万分の一の地図を何度もたたんで片手に持ち、内面を隠したあの建物のファサードの前を、孤独を密封したあの無口な人たちの間を、朝から晩までずっと歩いてた。ふくらはぎが固く張って足の裏の真ん中に小さな水ぶくれができるまで。たたみ敷きの、トイレとお風呂が共同の古びた宿に戻ってきて、熱いお湯でシャワーを浴びると、ソウルでは決して得られなかった熟睡がやってきた。何か月というもの人知れず、不眠症を患《わずら》っていたころだった。

一週間が過ぎて、とうとうそこを発つ前日の夜、あなたが韓国語の講義を持っている大学の前で、私たちは会うことにしたよね。何日か前にあなたがその建物を見せてくれて、実際、行きづらい場所ではなかったのに四十分も遅刻したのは、私がぎりぎりまで錦市場《にしきいちば》を回りたかったからだった。

後悔してる、

どうせあの市場ではそんなに興味のあるものは見つけられなかったのに、なぜあんな選択をしたんだろう。

私は戻る距離と時間の計算を間違えて、四十分もあなたを待たせた。

思い出す。

息を切らせて私が約束の場所に到着したとき

あなたはアイロンをぴしっとかけた白いシャツに紺色のジャケットを着て

濃い色のジーンズに、黒い靴をはき

専門書がいっぱい入った、一目で重いとわかるエコバッグを肩にかけ、

重さを分散させるために大きな辞書一冊を胸に抱き、疲れた顔で立っていたね。

バッグをどこかに下ろしもせず、壁にもたれもせず、いつもそうだったように端整な様

子でまっすぐ立って。

ごめんね、と私が謝ると
あなたは恨みがましく冷たく答えた。
もう行っちゃおうと思ってたわ。

その言葉に、急に、どっと寂しくなった記憶がある。
もちろん申し訳なかったけど、ほんとに済まなかったけど、
四十分はもちろん長い時間だけど
ふだんから隙が多くて、道に迷うこともよくある私の癖を知らないあなたではないのに。
それに外国人旅行者が時間の計算を誤るのは、おかしなことでもないのに。

お互い味気なく、寂しくなって
私たちは黙って一緒に歩いた。
私はあなたのエコバッグを持ってあげようとしたけど、あなたは嫌だと言った。

ごはんを食べながら
私たちが何の話をしたのか思い出せない。
結局あなたが怒りをおさめてくれず、笑ってくれなかったことだけ
ほんとに寂しい気持ちで別れたことだけ覚えてる。

宿に帰って畳の上にうずくまり、私はよくよく考えてみた。
私が京都に行くと言ったとき、あなたは喜んだよね。
ほんとに久しぶりだったから。七年間、はがきと手紙とメールをやりとりした末に、と
うとう再会するのだから。
あなたの歓迎のメールを読みながら、たぶん私はあなたの家に招待してくれると想像し
ていたんだと思う。
ごはんまでは食べないとしても、お家ぐらい見せてくれるだろうと。
私がお茶とお菓子を買っていったらきっとそれを開けて食べ、飲み、いろんな話をする
だろうって。

韓国では普通、そうするから。
結婚したら新居を披露して、夫を紹介して。
だから私は京都に到着してあなたに初めて会ったとき
あなたがどこに住んでるのか聞いたし
あなたの新婚生活について、こまごまとした話を楽しくやりとりもしたけれど
結局あなたは私に自分の家を見せてくれる気がないんだと静かに悟り、ちょっと驚いたことを思い出す。
だけど、今思えば
初めから私を招待する気がなかったか、招待できるような事情ではなかったあなたこそ、
私の寂しさを知ったらむしろ驚いたのではないかしら？
忙しいスケジュールの中で、一日の午後をあけ、あの美しい海辺の寺を見物させてくれたことだけでも
あなたは私に最善の友情を尽くしてくれたのではなかったか？

7

思い出す。

京都で初めて一緒にごはんを食べた夜、あなたがふっと、たいしたことでもないようにこう言ったとき、ちくりと胸が痛かったことを。

私、韓国にはもう行きたくない。
だから私に会いたかったら、こうやってあなたがときどき来てくれるしかないわ。

あのときあなたは三十二歳だったのに。
あんなふうに断言するには早すぎる歳だった。
いや、あの年齢だからあんなに決然と言えたんだろうか？

8

思い出す。
あの旅行から帰るとすぐ、あなたに半調理したトッポッキを一箱、送ったこと。
いちばん食べたい韓国の食べものがそれだとあなたが言ってたのを思い出して。
あなたはいつものようにちゃんとメールで返事をくれた。
おいしかったよ。ありがと、K。

言葉とは、いったい何だろう?
カンマとは何で
ピリオドとは何なのか。
そこにこめることができる気持ちと
隠すことができる気持ちとは。

9

今になって思う。

ひょっとしたら、むしろ、長いこと相手を寂しい気持ちにさせてきたのは私の方ではなかったか？

うちとけない人だと思われていたかもしれない、大学時代から三十代初めまで続いた、無口で孤独な私の性格のせいで。

もしかしたらあなたこそ、私を、最後まで自分のファサードしか見せてくれない無情な友と思ったのじゃなかったか。

自分の苦痛は一つも打ち明けたくなくて、努めて浅い、透明な話題だけを取り出していた当時の私に、あの一週間のあいだ、あなたの方が一種の絶望を抱いたのじゃなかったか。あの四十何分かの待ち時間に、ついに何かを下ろしたのではないか。石をいっぱい入れたみたいに重そうに見えたあのエコバッグを下ろす代わりに。

10

思い出す、よく揃ったあなたの二本の眉。
あなたが書いた艶やかな漢字の書体にも似た、端整な横顔の線。
さあ、私は自分の持ち札を全部見せてあげたわよ、というように
すべての悩みを全部打ち明けて、黙って私を見ていたあなたの真剣な顔。

大学のころ、あなたは私を
悩み相談に乗ってくれる親切で気安い友とばかり思っているのだと
そう考えてきたけれど、
もしかしたらあのとき、あなたは
私の中に入ろうと試みていたのじゃなかったか。

門を開けて
庭を横切り

お客さまにお茶を出す居間は通過して
私の内側深く隠された部屋へ。
私があんなに固く、世の中から鍵をかけて締め切っていた内面に。

0

もう一度あなたが私の夢に現れてくれたら、
それさえしてくれたら、あなたの手を握るのに。あなたに
言うのに。ミナあのね、って。

今は違うのよって。
その後も人生は私にとってそんなに親切じゃなかったけれど
むしろ、そのために少しは強くなったと。
ひたすら自分だけを守ろうとしてあがくようなことは、いつからか、しなくなったと。

もう唇を閉じ、肩をすぼめて
いつでも殻の中に隠れられるように準備したりはしていないと。
自分を壊し、開いて、相手に近づくことがもう怖くはなくなったと。
ときには、私が持っている持ち札をみんな出して広げて
あのころのあなたみたいに、じっと
相手を見ているときもあるのよと。

けれどあのときと変わっていないことがあるとしたら、ミナ、それは
私が今も愚かだということ。
まだ、わかっていないということ。
私たちがこの生にしばらくとどまっている理由は何なのか。
結局のところ、別れるために出会う
この愛と悲しみの瞬間のすべてが、いったい何を意味するのかが。

교토, 파사드 by 한강
Copyright © Han Kang, 2019 / Illustration Copyright © Kim Joong-il

深緑野分「**ゲンちゃんのこと**」

廊下の向こうから、学ランを着た男子生徒が歩いてくる。学校なんだからあたりまえだ。でも全然普通じゃなかった。

顔の右側にでっかい青タンがある。口の横に大きなガーゼを貼ってる。前屈みで、分度器を当てて「鋭角です」と言えるくらいに肩を怒らせ、大股でこっちに向かってくる。スーパーサイヤ人化したベジータ並のオーラを全身から放っている。

彼は注目の的だった。廊下にいた生徒は振り返り、立ち止まり、噂《うわさ》し合う声が聞こえる。かく言う私の耳にも、後ろにいたクラスメイトがそっと告げてきた。

「あの転校生、中央公園でケンカしたらしいよ」

「なんで?」

「さあ……あいつ、すぐキレるって聞いたけど」

大股で私の前を通りすぎる時も、彼は真ん中分けの長い前髪を揺らし、鋭い目で前を睨んでいた。そして隣の教室のドアをがらりと開け、野次馬がほっと安堵した瞬間、背中を向けたまま怒鳴った。

「見てんじゃねーよ！」

これが、私にとっての初ゲンカしたというゲンちゃんだった。

中学二年生、転校早々ケンカしたという彼は、すぐ有名人になった。すぐキレて暴力を振るう、先生にも反抗的で、みんなから嫌われてる――ふうん、あっそ。私は聞き流すことにした。噂なんてだいたい、味方の数が多い方に偏《かたよ》るものだ。転校生なら余計分《ぶ》が悪いだろう。

……というより、そもそも私自身がよく男子と殴り合いのケンカをしていて、同級生の暴力沙汰に眉《まゆ》を顰《ひそ》められるような立場じゃないのだ。

思い出話をひとつしよう。小学生の時、隣の席の男子が私の筆箱の下に鉛筆を差し込んできて、「てこの原理〜」とほざきながらしつこく動かしたことがあった。私はそいつからよく絡《から》まれ、テストの点数がお前よりよかっただとか、俺はお前と違って塾に行けるんだ、みたいな失礼なことを言われていた。そして、てこの原理の馬鹿馬鹿しさについにブチギレた私は、この男子の横っ面を一発殴って泣かせた。そいつは自分の母親に告げ口をし、うちの母親が学校に呼び出され教師にも叱られたが、私は反省しなかった。そいつは二度と絡んでこなかったし、席替えもあったので、いい気味だとさえ思った。

今日も休み時間になると、男子が大騒ぎしながら駆け抜けていく。教室のドアをわざと乱暴に開けて廊下に飛び出し、スライディングする。やつらの青いジャージは廊下をぴかぴかに磨《みが》く雑巾《ぞうきん》だ。

勝手に騒いでる分には、耳を塞げば別にいい。ただ通りすがりざまに、その中のひとりから私は胸を触られた。最近膨らみはじめてまだ固く痛い胸を触った馬鹿が、笑いながら「おっぱいちゃん！　おっぱいちゃん！」と叫び、逃げる。

耳の奥で想像上の〝スタート〟が聞こえ、私はつま先にぎゅっと力を込めて廊下を蹴り、一直線に駆ける。私はたいていの男子より足が速い上に、転ばない。上履きは柔らかく、運動靴と同じくらいにソールがしっかりしてるから、ネコ科の猛獣のように足の指を使って走れる。私は獲物を追うチーターだ。

馬鹿の背中がすぐ近くに迫る。馬鹿は息を切らしてるけど、私の息は切れてない。私は左足で踏み切り、高々とジャンプして、右足を馬鹿の背中に思い切り食らわせた。

「黙ってしずかーにしていれば、お嬢様っぽいのに」

同じマンションに住む幼なじみの女子に、ため息交じりに言われる。おっとりした性格のせいか、彼女は前からこうだ。もう少しおしとやかにしたら？　外見と中身にギャップがありすぎるよ、などなど。まったくもって大きなお世話であるが、不思議と彼女とはウマが合って、よく一緒にいる。

「私は悪くないし、やられたくないなら最初から人の胸を触んなって話じゃん。それに黙ってたら私じゃなくなるっしょ」

「まあそうだけど」

窓の外でしとしと小雨が降る中、私は幼なじみの家でポテトチップスを食べる。辛くて美味しいカラムーチョ。

「でも、そろそろ暴力沙汰はやめた方がいいよ」

「何で？」

「男子の方が強くなってきてるから。体も全然大きいし、体育の授業だって男女別になったじゃん。もう小学生とは違うんだよ。そのうち仕返しされちゃうよ」

私はカラムーチョを食べる手を止めて、まじまじと幼なじみを見た。彼女は真剣に私を心配している。実のところ今でもかけっこや跳び箱で男子を負かせる自信はあったけど、私も彼女の言い分を頭の片隅ではわかっていた。

幼なじみが予言したその日は、予想よりも早くやって来た。また男子に胸を触られ、いつものように追いかけて跳び蹴《とげ》りを食らわそうとしたら、突き飛ばされて髪を引っ張られ、頬を殴られた。私は泣かなかったけれど、勝者の嫌らしい笑みを浮かべているそいつの顔を見て、ああ私はもう二度と、こいつらに腕力で反撃できないんだと失望した。

私は膨らみ続ける胸を小さく見せようと、背中を丸め、猫背になることにした。肩を前にすぼめれば胸は目立たず、男子どもはただ脇を走り抜けていく。

暴力を封印し、姿勢が悪くなり、私は前とは違う人間になった。「大人しくなったねえ」と驚くクラスメイトもいれば、「ざまあ」と言いたげににやつくやつもいた。幼なじみは何も言わず、いつもどおりに私と家でお菓子を食べ、どうでもいい話をした。

猫背のまま中学三年生に進級すると、クラス替えしたてで新メンバーになった教室に、見覚えのある生徒を見つけた。あの時の転校生、「すぐキレる」で有名なゲンちゃんだった。

「おい、ホリカワ」

昼休みが終わって掃除の時間、突然呼び止められて振り返ると、ゲンちゃんがいた。私よりも猫背で、あごを突き出し気味なせいか、しゃべるたびに長い前髪がすだれみたいによく揺れる。同じクラスになってまだ一ヶ月も経っていないのに、彼はクラスメイトの全員を呼び捨てにしていた。

「何？」

「お前さ、国語のキタダと仲良いよな。このプリント渡しといてよ」

「えー……」

ゲンちゃんが突き出してきたプリントは、昨日提出しなければならなかった宿題だった。キタダ先生は学校一厳しく、怖い教師として有名だ。私も別に〝仲良い〟わけでなく、単に国語の成績が良かったのと、キタダ先生の怒りポイントを察するのがうまいので、他の生徒にくらべて話しかけられやすいというだけだった。

「自分で渡しなよ。私が代わりにやったらかえって怒るよ、たぶん」

「何だよ、ケチ」

「ケチじゃない。いいから職員室まで行って、遅れてすみませんでした、って謝りなよ。大丈夫だから」

結局ゲンちゃんは放課後、キタダ先生の元へひとりで謝りに行った。すっきり晴れやかな顔をしたゲンちゃんが職員室から出てきた時、ちょうど私も部室の鍵を取りに来たところで、彼はこちらに向かってピースした。どうやらキタダ先生は許してくれたようだ。

軽く手を振って、職員室に入ろうとすると、目の前に小柄な女子生徒がいた。学年でも抜きん出て背が低く、華奢《きやしや》な外見と裏腹に、声はハスキーで大人びている。ゲンちゃんの彼女のキョウちゃんだった。

キョウちゃんは切れ長の目で私をちらりと一瞥《いちべつ》すると、ゲンちゃんの肩をどつき、「ゲンさあ、人に頼ってばっかいないでしっかりしなよ、マジで」と言いながら、廊下の角を曲がって消えた。

私たちは週に五日、毎日学校へ行って、勉強して、ご飯を食べて、掃除して、部活して、帰ってから宿題をし、また次の日朝早く起き、学校へ行く。

不登校の子もクラスにはいたけれど、私自身は学校がかなり好きな方だった。理由は、学校に行けばなにがしかのハプニングが起きて、退屈しないからだ。

でも最近は気が重い。教科書がぎっしり詰まったリュックをえんやこら、家から三キロくらい遠く離れた学校へ運んでるというだけじゃない。このままリュックを放り出して、授業がはじまる時間になっても構わず、どこかへ歩いて行けたらいいのにと、何度も考えるようになった。

少し前、ひとつ下の学年の子が、通学路の途中のビルの屋上から飛び降りた。

午後の授業を受けているると、突然教室のスピーカーがガガッと音を立て、「今すぐ教師は授業を中止して職員室へ」と指示する校長の声が流れた。震えて早口で、冷静になろうとしているのにまるでできてないのがすぐにわかる。残された私たち生徒は不安で仕方がなかった。誰かが「大地震の警報じゃない？」と言うと、別の誰かが「いや、戦争が起きたんだ」と言う。どちらも違った。ほどなくして体育館で全校集会が開かれ、二年生の子が飛び降りて亡くなったのだと知らされた。私はその子を知っていた。小学生の時に児童館で何度か遊んだし、彼女が中学に入学したら、私は教室まで会いに行った。でもそれきりだった。

校長は最後に「もしテレビカメラや新聞の取材が来ても、何も答えないように」と結んだ。まるでそのことの方が、彼女が死んでしまったことよりも問題だと言いたげな口調で。

天を仰ぐと、空は曇っていた。あの色を何と言えばいいんだろう。灰色。違う、もっと嫌な色だ。眺めているとつま先がぎゅっと丸まり、おろおろし、だんだんお腹が痛くなってくる。白、薄い灰色、少し濃い灰色、もっと濃い灰色が、空を埋め尽くし、人間の行き場を消してしまう。通学路に生ぬるいような肌寒いようなどっちつかずの風が吹いて、私は息を止め、十歩進み、二十歩進み、二十五歩に達する前にぶはっと息を吐いた。水面に上がったみたいに呼吸は荒くなり、心臓がどくどくと脈打つ。

空は灰色。わが学年のジャージの色はまるで絞りたての絵の具みたいに真っ青。登下校時は制服で、学校に着いたらジャージに着替えるのが校則だった。下は青のジャージでも、紺色の膝丈《ひざたけ》のハーフパンツでも構わない。

体育の時間、男子が校庭を走るのを、女子は体操しながら眺めていた。軽やかに走るやつ、へとへとで走るやつ、ふざけてるのかやる気がないのかだらだらしてるやつ。その中でゲンちゃんは、前傾姿勢で、長い両脚を車輪みたいにばたばたぐるぐる動かして、まるでむきになって走っているように見えた。順位は前から数えて十番目くらい、速くも遅くもない中間地点。運動能力しかない私は、ゲンちゃんの走り方ではあまり効率がよくないなと思った。それに、どうしてあんなにがんばって走ってるんだろう、彼はそんなに負けず嫌いだったろうか、と。

「ホリカワ、よそ見してるなよ！」

「すいませーん」

女子担当の体育教師に叱られたので前に向き直り、体操を続ける。私も男子に交じって走りたいが、ケンカと同じように、負けてつらくなってしまうんだろうか。

体育の授業が終わった後、教室に戻った私はついゲンちゃんをじっと見た。ゲンちゃんは、他の足の速い男子よりも足が華奢で、すらっとしている。私の足は太くて、すね毛も結構生えている。

じろじろ見ていたら、ゲンちゃんは怪訝《けげん》そうに顔をしかめた。

「何だよ？」

「……ゲンちゃんってさ、すね毛がないね」

足があんまり速くないね、とは言わないでいどには遠慮があったのに、すね毛についてはロから軽く出てしまった。ゲンちゃんは一瞬目を丸くすると、

「どこ見てんだよ、すけべ」

と言って私の肩をげんこつで軽く殴った。すけべ扱いされるとは思ってなかった私はびっくりし、無神経だったなという気持ちがじわじわ湧いてきた。

「ごめん、気にしてた？」

「気にしちゃいねえけど。ホリカワが変なこと言うから、からかっただけだよ」

ゲンちゃんはハハン、とすかした笑いで流す。

小学生の時、すね毛が濃く生えてきた男子をからかう声を何度も聞いたけど、今は逆で、すね毛が生えてない男子の方が目立ってしまう。私は胸が膨らんできて触られ、前は力で勝っていた相手に勝てなくなり、かつて友達だった子は、遺書も書かずに飛び降りてしまった。これが大人になるということなら、私は大人になりたくないと思った。

それからしばらく経ち、夏が来て、文化祭の準備をはじめる時期になって、私たちはクラスの出し物を劇に決めた。うちの中学校では模擬店が禁止で、文化祭の花形は劇と決まっていた。脚本を書くのも、背景を描くのも、演出も、演技も、見よう見まねでやるので、なんだか妙ちくりんな代物が上演される。それが楽しいといえば楽しかった。

私は文化祭の実行委員で、教卓の前に立ってクラスメイトに挙手させて意見を言わせたり、黒板に正の字を書いたり、仕事を割り振ったり、忙しく働く。劇の内容は、去年流行った劇場版アニメの、ダイジェスト版パロディをすることになった。これならゼロからオリジナルの物語を生むより簡単だし、配役も決めやすい。

ゲンちゃんは主人公にはならなかったけど、ヒロインは満場一致でキョウちゃんに決まると、まんざらでもない顔をしていた。

「じゃあ脚本を書こう。誰か脚本やりたい人？」

さっと手をあげたのは、キョウちゃんの親友で女子の学級委員長のミキさんと、成績上位だけどどことなくぬぼっとしているので、みんなからぼーちゃんと呼ばれている男子、それからゲンちゃんとキョウちゃんだった。

問題は、ダイジェスト版の脚本を書くには本編を見直す必要がある、ということだった。

「教室のデッキで見るんじゃ、他のクラスに何をやるかばれちゃうよ」

「まあねえ」

「おう、そんじゃさ。俺んちに来いよ！」

ゲンちゃんが陽気に言う。私はそれがベストじゃないかと思ったけれど、キョウちゃんがはっとした顔でゲンちゃんを見たのが、少し引っかかった。

その週の土曜日、私とミキさん、ぼーちゃんの三人で、ゲンちゃんの家に行った。キョウちゃんは先に来ていて、私たちがベルを鳴らすとドアを開けてくれた。

「お邪魔しまーす」

靴を脱ぐと、奥からゲンちゃんと、ゲンちゃんのお母さんが出てきた。ゲンちゃんは相変わらずにこにこしていた。でもお母さんの方を見て、私は心の中で「厳しそうなお母さんだな」と思った。口元は笑っているけど、眉間《みけん》のしわが深く、私たちをひとりひとり油断なく観察しているようだ。

そしてゲンちゃんのお母さんは、「みんな、お腹減ってるんじゃない？」と言った。

中学三年生、育ち盛り。私もよく食べるタイプで、昼ご飯は家で食べてきたのに、もうお腹が空いていた。ぼーちゃんとミキさんもそのようだったけれど、キョウちゃんは心なしか、顔を強張らせているように見える。

案内されるまま廊下を進むと、たちまちよい香りがした。にんにくと、酸っぱさが混じったような香り。リビングの食卓の真ん中にお皿があって、赤くてつやつやしたお漬物が盛られていた。キムチだ。今はスーパーの漬物売場にもよく置かれているけれど、この頃はまだ、それほどメジャーではなく、私もグルメな伯母さんが買ってきてくれたのを食べたとか、そんなていどにしか口にしたことがなかった。

キョウちゃんとゲンちゃんはもうご飯を食べたそうで、私とミキさん、そしてぼーちゃんの前にだけ、お箸《はし》と、カラフルなクロスが用意される。ゲンちゃんのお母さんはすぐに台所から戻ってきて、銀色のボウルを私たちの前に置いてくれた。薄い赤色のスープに浸かった細い麵《めん》、丁寧に切られた緑のきゅうり、ゆで卵。冷麵だ。

「いただきます！」

お腹が空いていた私はぱくぱくと食べた。麺はつるつるとのどごしがよくて、以前食べたことのあるチルドの盛岡冷麺とは明らかに違った。スープも冷たいのに肉の味がして、とても美味しい。白菜のキムチは辛いというよりも甘く、ふわんと抜けていく香りに一層食欲を刺激される。私は遠慮もせず、次々に取って食べた。

「私が作ったの。冷麺も、キムチも。どうぞ召し上がって」

横で見ていたお母さんにそう言われ、私は「えっ、手作り！　すごい！」と単純に感動を口にした。あっという間に冷麺を平らげ、キムチをおかわりした私に、お母さんは「タッパーに入れて持って帰る？」と言ってくれたが、恥ずかしがったゲンちゃんが「いいから！　母ちゃんは向こうに行ってて！」と台所に押しやってしまった。

ゲンちゃんの部屋がある二階への階段を登りながら、ゲンちゃんが「ったくお前、人の家なのによく食うなあ」と言った。

「えっ、ごめん。だって美味しかったからさ」

「いや別に、謝らなくてもいいけどよ」

照れくさそうにゲンちゃんは顔をぷいと背け、後ろでにやにやしていたキョウちゃんやミキさんともども、突き飛ばすように自室へ入れた。

その日の打ち合わせは、とても楽しかった。ゲンちゃんの部屋には自分用のテレビとDVDデッキがあって、紺色のベッドにもたれかかりながら、DVDを見た。シリアスな内容のアニメ映画を、どうやってダイジェスト版パロディにしようか、ただのコメディではなく、ちゃんと見せるところは見せて、深いところは深くしよう、などと相談して、気がついたら夕方の六時を過ぎていた。

ゲンちゃんの家をおいとまし、キョウちゃんとミキさんと別れた帰り道、私は自宅が同じ方向のぼーちゃんと並んで歩いた。夏の夕暮れは溶けた金みたいにぎらぎらして、目を細めないと西日が目に痛い。木立は真っ黒い影になり、鳥たちは巣へ帰ろうと茜空《あかねぞら》を飛んでいく。

どこかの家から聞こえる誰かが吹いてるピアニカの、ぱぷ、ぱあぷ、ぽぷ、という音に、へたくそだなと内心つっこんでいると、横に並んでいたぼーちゃんが、「ゲンはザイニチだったんだな」と呟《つぶや》いた。よく聞こえなくて「何?」と聞き返すと、ぼーちゃんは首を振って「何でもない」と言う。ぼーちゃんはそれからいつものぬぼーっとした彼に戻り、飼ってる犬や、妹の話をはじめた。

ぼーちゃんの言ったことなんてすっかり忘れ、私は上機嫌で家に帰り、母に、ゲンちゃんの家で手作りのキムチと冷麵をご馳走《ちそう》になったと話した。母は料理の手を止めて私をじっと見つめ、ふと微笑んだ。

「よかったねえ、楽しかったみたいで」

しかし夕食の席で、ゲンちゃんのお母さんの作るキムチがいかに美味しかったか話すと、父が不機嫌になった。

「そんなやつとつるんでるのか、お前は」

「そんなやつ？　どういう意味？」

「意味って……お前、わからんのか。手製のキムチを漬ける家だぞ」

「はあ？　だから何なの」

自分の友人を悪く言われるのがすこぶる嫌いだった私は、「ゲンちゃんとつるんで何が悪いの？」と父にすごみ、翌日の朝、父が出勤する時間になっても口をきかなかった。キムチを漬けることの何が悪いのだ。うちだってぬか漬けを作る。父はしょっちゅう自分の母親が漬ける漬物を自慢するくせに、人の家の漬物は嫌だとは、理解できなかった。

学校に行くと、ゲンちゃんもぼーちゃんもいつもどおりで、弁当の時間には、同じ班のふたりが文化祭について話し合ってる声が聞こえた。でもキョウちゃんの私に対する雰囲気が少し変わったような気がする。というか、よく視線を感じた。

掃除の時間、一階の教室の窓から外に身を乗り出し、黒板消しを壁に叩きつけていると、背中をぞぞっとなぞられた。「ぎゃっ！」びっくりして振り返ると、キョウちゃんが笑っていた。

「何すんの」

「いや、別に」

「何もないのにくすぐらないでよ」

「うん……あのさ、ホリカワさんって思ってた人と違ったかも。ごめんね」

「へ？」

何だ、何をしたんだ私は。するとキョウちゃんはとても素敵な笑顔で、「悪い意味じゃないよ。ねえ、ホッちゃんて呼んでいい？」と言った。

断るわけはない、私は「お、おう。もちろんさ」と答えた。

文化祭は盛況で、クラスの演劇もなかなかの成功を収めた。本当によくできていたと思う。馬鹿馬鹿しかったし、下ネタ満載だったけれど、廊下には行列が出来たし、二日ある文化祭の間、ずっと満席だった。

問題は文化祭の後だった。

振替休日の翌日、ゲンちゃんが学校を休んだ。キョウちゃんは遅刻してきて、教室のドアを乱暴に開け、授業中だったけれどみんな一斉に振り返った。キョウちゃんは目を真っ赤に泣き腫《は》らしていた。

ゲンちゃんはキョウちゃんとデートした日の夜、近所の公園に呼び出され、殴られたのだ。相手は他のクラスの連中、ゲンちゃんが転入したばかりの頃にケンカをふっかけてきたやつらだそうだ。

腕を骨折し、顔や全身に打撲があるゲンちゃんは、病院から戻ってからずっと家で横になっている。お母さんは動揺してて、もう学校に通わせないかもしれない。キョウちゃんはそう言った。

ミキさんはキョウちゃんを抱きしめ、私は小刻みに震えている彼女の肩を呆然と見るしかなかった。他のクラスメイトたちもすこしずつ近づいてきて、ゲンちゃんとこにお見舞いに行こうか、と申し出たけれど、キョウちゃんは激しく首を振って拒否した。

私は、なぜゲンちゃんが何度もケンカに巻き込まれるのか、よくわからなかった。私も胸を触られたとか、嫌がらせをされたとかの仕返しに、人を殴ったことがある。抵抗してきた。「すぐキレる」と言われたゲンちゃんもそうだったんじゃないのか。

「先生に……」

「先生はもう知ってる。ゲンのお母さんと話してるよ」

昨夜の段階で事情を知っていたらしいミキさんが、静かな口調で教えてくれた。

「警察に通報もしたし。でも、あの校長だもん。たいしたことはしてくれないだろうね」

少し前に飛び降りてしまった女の子のことが頭を過《よぎ》る。彼女のことを知ってたのに、いじめに気づけなかった私。人を死へ追い詰める生徒たち。問題を表沙汰にしたくない校長。

ミキさんはもうとっくに諦めているようなため息をついた。

「でもたぶん誰も捕まらないよ。やつらは仲間同士でつるんでるから情報を漏らさないだろうし、ゲンも絶対に教えてくれなかった。頑固でさ、口をぎゅっと閉じて、私やキョウが何を言っても話さないの」

私たちはどうしたらいいかわからず、不安げに互いを見合って、この場を去るべきか、まだふたりに付き添うべきか、迷っていた。私はどうしても足が動かなくて、なぜなの、と聞きたいのにきけなくて、最後までふたりのそばに留まっていた。

その時、つん、と肩をつつかれた。

「ホリカワさん、ちょっと」

ぼーちゃんだった。

昼休み、校庭からも校舎からも一斉に元気な声が聞こえてくるのに、私とぼーちゃんのまわりだけ静かで、透明な膜で囲まれているみたいだった。ぼーちゃんはひと気のない体育館脇の花壇の縁に腰かけ、私にも座るよう促《うなが》した。

「で、どうしたの？　こんなとこまで連れてきて」

「いや……ホリカワさんは、よくわかってなさそうだったから。あのままふたりに色々聞いちゃいそうだったでしょ。真っ直ぐなのは悪くないけど気は遣いなよ」

図星を突かれて、私は顔が熱くなった。ぼーちゃんは呆れたような、でもどこか気が緩んだようなため息を吐いて、こう言った。

「この間、ゲンの家に行って、違うな、と思わなかった？」

「……違うって？」

「手作りのキムチと冷麺。今まで、よその家で食べたことあるか？」

「……ないけど」

ざわ、と風が吹き、花壇の花が一斉に揺れる。一匹の虫が飛んできてぼーちゃんの白いワイシャツの襟《えり》に止まったけれど、彼は気づいていない。

「ザイニチ、と俺が帰りに言ったのは、ゲンのお母さんは日本人じゃなくて、隣の、韓国から来た人だっていう意味だ」

「うん、違う国なんだろうなってのは何となくわかったけど。だからどうしたの？」

するとぼーちゃんは一瞬目を丸くして、それから苦笑いした。

「そうか……いや、やっぱ君を連れ出してよかった」

「なんで？」

「なんでなんでって、三歳児かよ。いいか、この件はたぶん君が鈍感なんだ」

「……悪かったね」

ついむっとすると、ぼーちゃんは肩をすくめた。

「結構知られた噂だったけど、ま、人それぞれに知るタイミングも認識の方向も速度も違うからね。ゲンのお母さんがあの日、俺らにわざわざキムチと冷麵を食わせた理由がわかる？　はじめて家に来た、つまりゲンのバックボーンに踏み入ったホリカワさんや俺がどんな反応をするか、ちゃんと見たかったんだ。たぶんね」

横っ面を引っぱたかれたみたいな気分だった。いや、確かに、家に上がった時のお母さんの顔つきが険しいなとは思ったし、こちらがお腹が空いたと言う前に、料理が用意されていた。テーブルの上にはキムチ。

キョウちゃんが私に「ホリカワさんって思ってた人と違ったかも。ごめんね」と言って、ホッちゃんと呼んでくれるようになった理由がやっとわかった。でも私はゲンちゃんの苦しみの半分も理解していなかった。

「お母さんは息子を守りたかったんだと思う。俺やホリカワさんが変な顔をしたり、嫌がったりしたら、家から追い出そうとしただろうな」

「……嫌がる」

私はあの日の夜、父が急に不機嫌になったことを思い出した。私はぬか漬けとキムチの違いがわからなかった。ぼーちゃんに言われても、まだわからない。ただひとつわかるのは、この違いを嫌悪して振るわれる暴力が、学校にも、私の家族の中にさえあり、ゲンちゃんと家族はそれと闘っているのだ。ずっと。それなのに私は無邪気すぎて、こうやって教えてもらうまで、気づくことさえできてなかった。

「……だから彼は闘ってきたの」

ぼーちゃんは私をじっと見つめ、深く頷いた。

風が一層強く吹く。土埃が舞い、体育館前の渡り廊下にいた下級生たちがきゃーきゃー笑い、騒いでいる。前に、飛び降りたあの子の集会で、泣いていた子たちだと気づいた。いつの間にか拳を固く握っていた私は、ゆっくり手を開いた。手のひらに指の爪のあとが残り、それぞれの闘いと結果のことを思った。あの子は命を止めることを選び、私は力の差の前にひるみかけていて、ゲンちゃんは――

昼休み終了のチャイムが鳴って、ぼーちゃんはおしりをはたきながら立ち上がり、私を少し振り返ってから、教室へ戻っていった。

私は動けずに、ぼーちゃんが行く先、教室へ続く渡り廊下を眺めていた。気づかないうちに唇を半開きにしていたようで、風に乗ってきた土塊《つちくれ》が口に入り、じゃりっとした苦い味が広がった。唾を吐いても、外の水道で口をゆすいでも、取れなかった。

イ・ラン

「あなたの能力を見せてください」

斎藤真理子＝訳

이랑 / 당신의 능력을 보여주세요

LGBTQIA＋

何年か前から、私の教えている学生たちが自己紹介の時間にこんなことを言うんです。「私はジェンダークィアです。私はバイセクシュアルです。ポリアモリーです。ジェンダーフルイドです。アセクシュアルです。クエスチョニングです」

初めは「あ、そうなんだ」って流してたんです。最近の青少年たちの間で、自分の性同一性とか指向性を語るのがどういうことなのか正確にはわからないけど、とにかく私の授業に出てくる学生たちが何でもないことみたいにそう言うから、ただ「そうなんだ」と思ってました。その話を四十代のゲイの友だちにしたら、彼が目をひんむいてびっくりするんですよ。

「そんなこと言ってんの？　人前で？　私なんか一生隠そうとして必死だったのに？　それでもなぜかみんなに知られて、むっちゃたたかれたのに？」

学生たちと一緒にいる時間が長くなればなるほど、私が彼らの言ってることの正確な意味を知らないせいで、会話するのがだんだんしんどくなってきたんですよ。初めは、単語いくつかを知らないからってこの世の中を生きていくのに問題はないだろうと思ってスルーしてたんだけど、だんだん、これじゃだめだと思うようになって、学生たちに聞いてみたり、メモしておいて友だちに聞いたりもしました。性的少数者の友だち何人かが、勉強に役立つ資料を送ってくれたりしたんで、それを読んで暗記したりね。でも、勉強するうちにだんだん、こんなふうに思えてきたんです。

私はシスジェンダー、ヘテロ女性、なのか？　ほんとにそうなのか？

私は中性だ

ある女性アーティストがインタビューで「私は女性でも男性でもない、中性だ」と言ったのを見て、私のまわりの性的少数者の友だちがすごく笑ってたことがありました。ただ笑うんじゃなくて、あざ笑ってましたよね。性同一性のために一生闘いつつ生きている人々がこんなに存在してるのに、「中性だ」なんて言葉をあんなふうに、雰囲気だけで言っていいのか、ってことでしょ。その批判を聞きながら内心、びくっとしたんです。

私は小さいときから、自分が男なら良かったと思って生きてきました。でも、どう見ても女に見える体を持ってるから、「じゃあ、私自身は中性だと思って生きてみよう」って決心したんですよね。どっか行って「ねえみんな！　私は中性だよ！」なんて言ったことはないけど、社会で女性的だと言われているイメージを避けようとして努力したんですね。例えば、腰のラインを強調するブラウスや、レースがついた下着を買わないとかですよ。それと、ブラはずーっとしなかったですね。でも、女性の乳首に社会が付与している意味が大きすぎるもんだから、ブラをつけずに生きるのは簡単なことじゃないんですよね。女性男性問わずまわりの人たちから、「ブラしなさいよ」って、ほんとに何度も忠告されました。それだけじゃ終わらず、「きちがい女」ってさんざん罵倒《ばとう》もされたしね。そのたびに、体の他のところよりちょっと肉が多かったりちょっと色が濃かったりするだけの、胸と乳首というこの部分はいったい何なんだろって思いましたよ。

それに、あんなに私にブラしろって忠告した人たちが、ちゃんとブラをしてる人を「ブラの紐《ひも》が見えてるよ」ってまたとがめるんですよね。ブラは絶対しなくちゃいけないけど、ブラの紐は見えたらいけないって？　いったい胸とは何で、ブラとは何なのかという疑問がだんだん大きくなるばかりで、今もすっきりしません。あ、急に思い出したんだけど、私の小さいときのあだ名は「パンツベラ」だったんですけどね。家でパンツ以外に何か着るのがいやだった私にお父さんがつけたあだ名です。それは今も同じです。私がずっとパンツベラ生活をしてきたことについて、何人かの恋人たちがこんなことを言いました。

「お前はいっつも脱いでるから、いざセックスするときに興奮しない」

セックスっていうのは、ずっと隠してるところを見せるからいいんですかね？　それなら、セックスの必要条件としていつも出てくる「顔」は必要じゃないんですかね？　だったら、キスは何でするんでしょう？

さっき話してた中性の件に戻りますね。私は男性にはなれないと思い、中性だと自分を偽って生きてきた女性です。結果的に、私が生きてきた方法は「名誉男性」と呼ぶのがぴったりあてはまるみたいですね。私は自分に中性だと暗示をかけ、大勢の男性集団とうまくやれる人になろうとして頑張りました。私はその中で唯一の女性だったんです。そのことを私も知ってるし、その集団の男性たちも知ってました。でも、私は典型的な女性の役割をやりたくなかったし、男性集団の独特な絆《きずな》を壊したくもなかったんです。もしかして私のために変化が起きたらと思うと怖かったから、「私はあんたらが考えてるみたいな女じゃないんだ」ってことを証明しようとしました。例えば他の女性たちを性的対象化して、品評したり、セックスの経験談を誇張して自慢話をしまくったりとか。

その結果がどうだったと思います？

私の努力とは関係なく、男性たちは相変わらず私を女性と認識してたんですよね。それも「恋人にするにはちょっと困るけど、うまくおだてれば俺と一度ぐらいは寝てくれる女」としてですよ。私は男性たちが気まずく感じないように気を遣ってそこに交じっていようと努力しただけなのに、いつのまにかその男性集団の一人一人と喜んで寝てくれる女になってたんです。そんな状況でももちろん、こんなの全然問題じゃないみたいに、むしろこれ以上ないくらいクールな態度で、相手が居心地のいいように、努力したんです。

その結果がどうだったでしょう？

今、皆さんの前に立っている私はどう見えますか？　人生への満足度が高く、主体的で、ユーモア感覚あふれる『セックス・アンド・ザ・シティ』のサマンサみたいに見えます？　または、内面はぐっちゃぐちゃに腐ってんのに、どうにかして死なずに生きてみようとしてじたばたしている人みたいに見えます？　『セックス・アンド・ザ・シティ』のサマンサは想像上の人物だし、私は想像上の人物じゃないからね、だから結論は、後者だと申し上げたいですね。

とにかく、そんなふうに誰とでも寝てあげていた私の二十代は過ぎ去り、三十代の私は家とアトリエに縛られた地縛霊みたいにして暮らしています。セックスというものに絶対量があって、「前、いっぺんに山ほどしたから、今は休むとき」みたいな方程式が成り立つわけでもないと思うけど、二十代のとき立てていた目標（わかるでしょ？　男性集団とうまくやれる人になること）とは違い、結果（男性たちのセックスパートナーになること）は惨憺《さんたん》たるものでした。その失敗の経験が、今、家とアトリエの地縛霊になるべく私を導いたんだと思いますね。

私の授業で自己紹介をした人たち、そして私の性的少数者の友だちはどう思うか知りませんが、私はいつもこの社会で女性と呼ばれてきました。だけど今になって、自分自身、自分をどう呼んだらいいのかわからないんですよ。わからなくてもいいんですかね？　そうだったらいいのにね。男、女しか選択肢がない出入国カードの前では相変わらず、どっちも書くわけにいかないから女って書いてますけどね。そう書くたびに、何だかわからない怒りとむかつきがこみ上げてきますけど。

無料ホステス

ホステスとして働いてきた友だちに聞いた話を思い出します。ホステスクラブのマダムであるお母さんと、暴力団員のお父さんの間に生まれた友だちは、「この世でお前にできる仕事はこれだけ」と言うお母さんに導かれて、十代のときからハイヒールをはいて化粧して、ホステスの仕事を始めました。

ようやくかき集めた自尊心はお母さんとお客さんによってめためたに壊され、毎日お客さんの相手をしながら、自分の口から出る嘘の名前と嘘の話を覚えておこうとして彼は頭が割れそうだったんですって。お客さんは、それが嘘だということに薄々気づいているのか、彼にこんなことを言ったそうです。

「本当の君を知りたいよ」

何で彼らは、ホステスとして働く限り嘘をつくしかないんだってことがわからないのか、友だちは理解できなかったんですって。「本物」だったら、彼らが吸ってるタバコの銘柄を覚えたり、つまんないジョークを笑ってほめたりするはずもないのにって。

ある日友だちが、今もお母さんがマダムをやっている歌舞伎町のクラブに連れてってくれました。私たちは従業員が出勤する前の昼間の時間にこっそり入って、店の内部や屋上を見物しました。屋上に行く階段は狭くて急で、何のせいだか滑りやすかったです。

「毎日ここに上ってきて、吐いてた。それから、そこの歌舞伎町の街を見おろしながら座ってたんだ」

定期的に男性ホルモン注射をしながらＦＴＭトランジション中の友だちは、もうすぐタイに行って胸の手術をする予定です。

彼はすごく若いときにその仕事を始めたんですけど、お母さんに、あんたにできる仕事はそれだけだよって聞かされたため、自然とホステスを一つの職業と考えてきたといいます。だけど何年か仕事をするうちに、ときどき、お客さんが連れてくる女性たちが自分と全く同じ仕事をしてお金をもらってないのを見て、疑問が湧いてきたんだそうです。

何であの女性たちはただでホステスの仕事をやってるんだろう？

友だちはホステスとして働きながら、男性のご機嫌をとってあげてお酒を注いであげて話し相手になってあげて、彼らが自分の体を触るのを許してました。だけど、彼らがバーに連れてきて同席している女性たちは、他の職業についてるのに、自分の仕事を真似してるみたいに見えたそうです。だからって自分のようにお金をもらっているわけでもないのに。その疑問は友だちが水商売をやめて社会に出てからも続いたそうです。

その友だちが二十代のころの私の姿を見たらどう思ったかな？　私は、外から見たら中性のイメージを持ってたわけですから。


私が前にやっていた舞台を振り返ってみると、ずいぶん自由で好戦的な人間として自分を表現してたみたいです。舞台だけ見たらこれ以上ないほど人生を楽しんでいる、セックスを楽しんでいる人としてね。その舞台をやってから何年も経ってない気がするのに、私も自分がこんなに変わるとは思いませんでした。この変化のせいで頭も痛いし体もしんどいんです。だけどいちばん大きな変化は、私がセックスできなくなったってことです。すごくびっくりしたでしょ？　私もびっくりしてるんですよ。

変化はこの何年かの間に、ゆっくりやってきました。

自分自身の意志で、いろんな場所で、私がしてきたたくさんのセックスを思い出してみました。それを思い出すと、どう説明したらいいかわからないぐらい、たくさんの感情と考えが浮かんできました。あのとき私は幸福だった？　愛し愛されてた？　楽しかった？

それよりも、私はそれを望んでいたのか？

セックスした後、何も考えが浮かんでこないならいいんだけど、他のことは全部どけといて、いつもある疑問がつきまとってくるみたいなんですよ。

何でこんなふうにしかできないんだろう？　って。

この疑問とともに私がやってきた行為を再び思い返すと、凹っていう形になったところに、凸っていう形になったものを入れる動作を、何であんなに必死にやってたのかと思うけど、そのときは、それが愛の表現だと頑張って信じてたんでしょうね。それはいつ、どこで学んだ公式なんでしょう？　私がやったたくさんのセックスの中には、その方程式で成り立ってなかったのもいっぱいあったから、今じゃあれが絶対的なものだとは信じていません。

それで最近は、セックス＝愛という公式の「セックス」欄《らん》に代入できる何かを探してるんです。そもそもみんな、新しいものを欲するときって、その理由はわかってないんですよね。愛する人と一緒にいる時間に、愛の表現をやりとりするために何をしたらいいんでしょう。体に何か入れることで愛を表現しなくちゃいけないなら、今までやってきた挿入とは違うことをしたいんですよ。耳の穴とか鼻の穴とか……あと、どこがあるんですかね。

これも変なことですよね。何でこんなに穴を探すんだか……。

小さいとき遊んだ人形みたいに、人の体にも凹や凸なんかなければいいのに。もしも人を作ったのが聖書に書かれている通り神様なら、神様はどっち側なんでしょう？　凹側なんでしょうか、凸側なんでしょうか？　最初に作った人間が凸側だったから、ほとんどの神様もそっち側だと思ってるみたいだけど、ほんとにそうなのかな？　聖書には女性化された神が一人も出てこないらしいけど、じゃ、人間を作るとき、どうしてあえて凹を作ったんでしょう？　こんな神の創造の仕方は「クリエイティブ」だと考えるべきですか？　私にこの創造プロセスすべての審査が任されたら、私は神様にA〜F評価のFをあげたいですね。

ですから神様、あなたの能力をもう一度、見せてください。

できれば来週までに見せていただければと思います。私は週末にも出勤してますから、日曜日に提出してくれても検討できますよ。

당신의 능력을 보여주세요 by Lang Lee
Copyright © 2018 by Lang Lee
Used by permission of WISDOMHOUSE MEDIAGROUP Inc. through Japan Uni Agency, Inc., Tokyo.
All rights reserved.

小山田浩子「**卵男**」

私は海外旅行というのにはほとんど行きません。仕事でときどき、というかごくごくたまに海外へ呼ばれることがあるのですが、そういう場合はだからよろこんで行きます。一昨年は韓国へ行きました。シンポジウムがあったのです。私は小説を書いていて、本が一冊韓国語に訳されたことがあったのでそれで呼ばれたようでした。韓国では私の小説を訳してくれた明るい元気な翻訳者（私は彼女を先生、と呼んでいました。大学で文学を教えている彼女は、はきはきして自信満々で博識で、なんというかとても先生っぽいのです。私は彼女からサエダさん、と普通に名前で呼ばれました）がずっとつき添って通訳をしてくれて、空き時間にはあちこち買い物や観光にも連れて行ってくれて、とても楽しかったです。昔の王宮や、詩人が集まるというギャラリーカフェ（干したフルーツを煮出《にだ》した伝統茶を飲みました）、マッコリが飲めるバー（マッコリは少し苦手でしたがおつまみで出てきた焼いたタラが香ばしくて気に入りました）、子供服がとても安い問屋街《とんやがい》（私はそこで子供服をたくさん買いました。子供の好きなキャラクターものの靴下《くつした》は十足で五百円くらいでした）、いろいろおもしろく楽しい場所へ行きおいしいものも食べたのですが、一番印象的だったのは市場です。先生お勧めの漢方市場、あらゆる漢方薬やその素材を売っているとのことでした。しばらく地下鉄に乗って行ったと思います。入り口に門のようなものがあって、そこから延びる道の両側にびっしり店が出ているのです。屋根があるちゃんとした店もあれば、露店や屋台もありました。木の枝を束ねたものが地面に敷いたビニールシートの上にいくつも転がっていました。薪《まき》かと思ったらそれがもう漢方なのです。土くれにしか見えないものもありました。私の拳くらいの大きさで、丸い黒い焼け焦げたものが段ボールに重なって入っていました。丸ごと干《ほ》した亀もいました。すっぽんかもしれません。干した木の実、赤いのや黒いのや紫のや黄色いのや、キノコもありました。裏が白く表が黒い私の顔より大きい丸い平たいキノコ、花の蕾《つぼみ》やドライフラワーのように見えるものもありました。漢方薬の、あのいかにもひなびて土臭くちょっとほこりっぽいようなにおいが辺りに漂っていました。生きた魚が浅い水の中に泳いでいました。細長く黒くドジョウのように見えましたが、手足が退化した両生類のようでもありました。私が珍しがってあれこれ写真を撮るのを、先生は一歩先に立ってにこにこ待っていてくれました。「サエダさんいかがですか」「ええ、とても楽しいです。おもしろいです」「そうでしょう、そうでしょう。日本人の女性作家の方々をここにお連れするとみなさん大変およろこびになります」先生はとても丁寧な日本語を話します。「◯◯さんをお連れしたこともありますが、ホテルにお戻りになってから私にお電話くださって、明日もあの漢方市場へ行きたいとおっしゃって、三日間の滞在で二度もおいでになりました」◯◯さん、というのは女性作家で、文学賞の選考委員をいくつも歴任している、名実ともに日本を代表する作家の一人で私は会ったこともありません。先生は、その人の作品も訳したそうです。「わかります。この市場はとても興味深いです」私は、店店が途切れたところにある祠《ほこら》を撮影しながら言いました。ちょうど、お地蔵さんかなにかが入っていそうな小さい屋根つきの祠で、ただ、前の扉がしまっていたので中になにが入っているのか（なにも入っていないのか）はわかりませんでした。祠の裏には細い柿《かき》の木があって、たわんだ枝先に鈴なりに小さい筆型の実がびっしり実って薄赤く色づき始めていました。私はそれも撮りました。「韓国の柿はこういう形なんですか」「そうですねえ」先生は、私が指さして初めてそこに実があると気づいたような顔で振り仰ぎました。「いろいろですね。丸いものもあれば尖ったものもあります。干し柿も人気です。でも、この柿はずいぶん小さいですからあまり食べるところがなさそうですね」先生は、行きましょう、という感じで歩き出しました。先生はつばの大きな白い日よけ帽子をかぶっていて、黒っぽい市場の人波の中でとても目立ちました。木やキノコやそういう素材を干しただけのようなものを扱う店もあれば、いろいろな色の粉末や錠剤《じょうざい》が目立つ店もありました。大きなビニールにパック詰めされて並んでいる粉末は白や黄色や緑や赤や茶色紫色、薄くくすんだようないかにも天然の色で、表にハングルが書かれたラベルが貼ってあります。奥へ行けば行くほど、漢方のにおいが徐々に強烈に感じられました。とてもおもしろいのですが、ちょっとなんだか自分の胸に乾燥した動植物の成分が溜《た》まっていっているような感じもしました。「サエダさんはどこか悪いところはありませんか」先生が歩きながら言いました。「例えば冷え性とか、肌荒れとか胃腸の乱れとか女性の問題とか」「そうですね……」「なんでもおっしゃってください。私もここでいくつか買い物いたします」先生は一軒の店の前で立ち止まると、奥から出てきた店員さんに何事かを大きな声で言いました。メガネをかけた男性店員はうなずいて、袋のいくつかを指さしました。先生はネー、ネエ、と言いながら（ネー、というのは韓国語ではい、という意味だそうです）袋の表面をトントン叩いていきました。先生が叩いた袋を店員さんがビニール袋に入れていきます。「サエダさん。たとえばこちらはハトムギの粉で、肌に大変いいものとしてよく知られています。私の学生たちもよく飲んでいます。

ヨーグルトと混ぜてパックにする人もいますが、私は飲む方をお勧めします。私も若いころ飲んでいたことがありますが、ニキビや吹き出物がおさまり色も白くなります」「ハトムギが肌にいいのは聞いたことがあります」「こちらはドングレという植物の根で、肌や、胃腸にもいい効果があります。お茶にして飲むこともできます。苦くなくておいしいです。私も愛飲しています、こちらは木蓮《もくれん》の花の」男性店員がなにかを先生に言いました。先生が、すこし強めの早口で返答しました。店員は肩をすくめました。先生は更になにか言いました。店員は私を見ました。私は首をかしげて先生を見ました。「なんですか?」「なんでもありません。どうしますか。もしお買いになるならこの店は質もいいしお買い得ですよ」私は先生がとても熱心に勧めているのがわかって少し気おくれしましたが、今回はやめておきますと言いました。お買い得ならその分荷物にもなるでしょうし、その、白い粉や茶色い根っこはどう見てもおいしくなさそうでした。買って重たい思いをして日本に持ち帰って、捨てる羽目《はめ》になるのはもったいないことです。「せっかくおいでになりましたのに」先生は残念がりました。「○○さんは山ほど買って帰られましたよ。ご自分用と、ご家族のとお友達のとほかにもあれこれ。おねしょなさるお子さんはおられませんか」韓国の人がみなそうかわかりませんが少なくとも先生は、こういうとき本当に悔しそうに残念そうにします。目当ての店が休みだったときも、私に紹介したいと言っていた日本文学を学ぶ院生さんが今海外にいて会えないと言ってきたときも、すごくおいしいという蒸しおこわが売り切れだったときも、もう、地団駄を踏むばかりにして残念がるのです。しかし、だからこそ、断るときはきっぱり断らねばいつまでも相手をその気にさせてしまうということを、私はここ数日の滞在で学びました。私は先生に向き直り頭を下げながら、「連れて来ていただきましたのに申し訳ありません。でも、この、市場を見るだけでとても楽しいですからそれで十分です」「そうですか」ひとしきり残念がると、先生はけろっとした顔でお腹が空きましたかと言いました。「それではお昼を食べに行きましょう」先生は自分の分の支払いをして、重たそうに膨らんでいるビニール袋を持つと先に立って歩き出しました。目当ての店は市場を抜けたところにあるようでした。漢方薬ばかりならぶ通りを過ぎ、辺りの店が鮮やかに華やいでいきました。魚や肉、野菜や果物が売られている普通の市場のような一角です。真っ白いトウモロコシを蒸して売っている店がありました。真っ黒いぶどうやざくろ、日本では見ない潰れた形の桃や縞模様の小さい瓜《うり》のようなものなどもありました。山盛りの唐辛子は赤と緑がペカペカ光って、太いのや細いのやとがったのやがザルに盛られています。その鮮やかな色や質感を見ていると徐々に、胸に詰まっていたような漢方のにおいが薄れていきました。キムチや塩辛《しおから》を売っている店もありました。巨大なプラスチック容器になみなみ入ったのを、おたまですくってビニール袋に入れてくれるようです。おばさんが一人、日本では見たことがない、銀色の平たい塩漬けらしい魚を袋いっぱいに詰めてもらっていました。アロエやよもぎ、細い竹のように見えるのは山菜《さんさい》でしょうか。山盛りの松葉《まつば》を売っています。まさか食べるのかと思ったら、蒸し器の下に敷いてお餅を蒸して香りをつけるのだそうです。人ごみの中をおばあさんが段ボールを抱えてよろめきながら歩いていきます。段ボールにはピンポン玉くらいのみかんがいっぱいに入っています。おじさんが運転する自転車が走り抜けました。それを避けて立ち止まったせいで先生との間に少し距離が空きました。先生の大きな白い帽子が遠ざかる、足を早めようとした途端、不意に目の前に高い壁が現れました。その壁がぐらりと揺れた気がしてぎょっと足を止めると、それは卵で、卵が、むき出しの白い卵が、間に赤茶色の段ボールのようなものを挟んで積み上げられていて、それが誰かの手によって運ばれているのでした。うみたてかなにかなのか、ゆで卵なのか、塩卵温泉卵、パックに入っていない卵は無防備で、それがしかも縦に何段か、ざっと十段くらい横にもそれくらい積まれた状態で人々が、手に手にカゴや箱や袋を持った人々が歩いている中を素手で運ばれているのです。運んでいるのは真っ青なジャンパーを着た中年男性で、ふらりふらり揺れるような足取りでどこかへ歩き去って行きました。逆に、しゃんしゃんまっすぐ歩いたら卵が割れるのだろうと私は思いました。あの揺れるような動きが卵を守っている……コオロギだか鈴虫だかのような、リーリーいう虫の声が聞こえました。私がついてきていないのに気づいたのか、先生が立ち止まってこちらを見ていたので片手を上げました。「どうしましたか」「いえ、卵が」私は振り返りましたが卵男はもう姿が見えませんでした。彼の動きはとてもゆっくりだったはずなのに、卵は高くて目立つはずなのに、全く気配も残っていませんでした。先生が「卵も売っているでしょう。なんでも売っていますから」と言いました。「韓国では卵を積み上げて運びますか？」「なんですって？」「ええと、段ボールのようなものを挟みこんで縦にいくつも積み上げてそれを運びますか？」先生は首をひねり「私は見たことがありませんね」と言いました。そして市場を抜けて道路を挟んだところにある白い外観の店を指さすと「お昼を食べるのはあそこです。とてもおいしい参鶏《サムゲ》湯《タン》ですよ」

それから一年たって、私はまた韓国へ来ました。前回のとは別の、でもやっぱりシンポジウムで、今回は先生が関わっていない会だったので会うことができず残念でした。前回は日本からの参加者は私一人（だからこそ先生がつききりでお世話をしてくれたわけですが）でしたが今回のは日本からの参加者が小説家や詩人やジャーナリストなど他にもたくさんいました。自分の分の発表や質疑応答をする以外は、他の参加者の発表を聞いたり、一、二度会ったことがある程度の小説家の人と精一杯親しく話したり、初対面のジャーナリストの人の話を聞いたりしつつ時間を過ごしました。空き時間もところどころあって、あの漢方市場にまた行ってみたいなと思っていたのですが、丸一日フリーという日はなく、また誘う相手もなく、一人で地下鉄に乗って遠出するのは少し不安でした。その日のスケジュール後の会食というか宴会で隣になった日本人男性（シンポジウムを取材しているフリーライターとのことでした）にその話をすると、だったら市場で朝ごはんを食べるのはどうですかと言われました。なんでも、我々のホテル（日本からの参加者は私も彼も皆同じホテルに泊まっていたのですが）から地下鉄で一駅のところに市場があって、そこに朝から営業している食堂があって、そこの麺《めん》料理が絶品でしかもとても安いのだということでした。「日本人含め観光客は行かないような生活市場ですよ。僕は取材でしょっちゅう韓国へ来ているんですが、そのとき知り合った韓国人に教えてもらったんです。英語も日本語もまず通じませんが、座って麺を食べる仕草をしたら多分なにか出してくれますよ。僕の主観ですが、韓国で一番おいしい麺なんじゃないかな」ホテルの朝食ビュッフェは、まずくはありませんでしたが毎朝代わり映えしない内容で少し飽きてもいたので私はその話にとびつきました。彼はスマホを操作し、その市場への行き方を教えてくれました。「市場にはいくつか食堂があるんですが朝営業しているのはその麺食堂一軒ですから間違えることはないでしょう。一駅で、駅からもすぐですから、シンポの始まりまでに行って帰ってこられますよ。僕も行きたいところなんですが、明日朝の便で移動するのでご一緒できません。楽しんできてくださいね」私は翌朝いそいそとアラームをかけ、少し早起きして出かけました。ちょうど通勤時間の始まり頃だったのか、地下鉄は少し混んでいました。首にタオルを巻いてすっぴんひっつめの農家のおかみさんのような人と、隙《すき》なく化粧をしてファッションモデルのように装った若い女性とが混じって座っているので興味深かったです。ちらちら日本語も聞こえてきて、旅行中の若い女性グループが同じ車両に乗っているようでした。教わった通り一駅で降りて地上に出ると目の前に市場の入り口がありました。その市場は地下にあるのです。薄暗い階段を降りると、その先に、だだ広い体育館のような空間がありました。迷路のように区切られて様々な店があります。といって、去年先生に案内してもらったような市場ではなさそうです。野菜や乾物らしき食べ物もちらほらありましたが、圧倒的に目立つのはプラスチックやビニールやそういうものでできた生活雑貨でした。バケツや手桶《ておけ》、洗濯バサミ、タオルやザル、おたま食器類、その他なにに使うのかよくわからない様々なもの、スプレー缶、入浴剤かなにかに見える紙箱が並んでいたり、毒々しい虫の絵がついたスプレーは殺虫剤でしょう。色とりどりで、野菜や肉魚よりはるかにカラフルででも無機質でもありました。床屋さんがありました。食堂らしい店もありました。人気はなく、照明もついていなくて暗い、営業時間前のようでした。生活雑貨店も、ものは並んでいても人影がなく、まだ準備がととのっていないように見える店が大半でした。人の姿もあるにはあるのですが、威勢良く呼びこみしていたりするのではなく身内同士でぼそぼそ話をしていたり、大きな声が聞こえたと思ったら携帯電話に向かって話していたりします。全体的にとにかくまだ準備中の雰囲気で、果たしてこの中に絶品の朝食屋さんなんてあるんだろうか。私はうろつきました。すれ違う人が不思議そうに私の顔を見ました。気のせいかもしれません。私は、あまり化粧もしておらず、木綿《もめん》の上着にストールをぐるぐる巻きにしてジーパンにスニーカー、別に、市場で働く人に見えなくもないでしょう。でも、やっぱり好奇心で歩いているだけの観光客だとわかるのか、そもそもお互い顔見知りでよそ者は目立つのか。観光客なんてほとんどいない市場だというのは本当だと思いました。いくら安くても、韓国へ来てわざわざプラスチックの洗濯バサミを買いこんで帰る人はあまりいないでしょう。お菓子屋さんがあって、一キロは入っていそうなビニールにパックされたおかきやチョコレートが並んでいました。マーブルチョコ風のチョコレートなのですが、色が日本のより鮮やかに見えました。それが、薄暗い照明に照り映えてなんだか昔のようです。種をチョコで包んでいるらしい、先が尖った形のマーブルチョコもあります。豆菓子、揚げ菓子、ウエハース風、お菓子の奥に白髪のおばあちゃんが座ってニコニコ私を見ていました。そしてなにか言いました。疑問文に聞こえました。私は麺を食べる仕草をしました。右手が箸《はし》、左手で丼《どんぶり》を持つ。それで右手を上下して麺をすする、おばあちゃんはすぐああ、とうなずいて指をさしました。こっち？私が同じように指さしてまた麺を食べるとそうそうあっち。私はカムサハムニダ、と言ってそちらへ行きました。黄色い、暖かい色の照明に照らされた中に、椅子とテーブルとそして湯気の立つ寸胴鍋《ずんどうなべ》が煮えているコンロがありました。食堂、三つある長机にお客さんは誰もいません。コンロの前には細い体にエプロンを巻いたおばさん、おかみさんでしょうか、私はアニョハセヨ、と言いながら一人客です、というつもりで（見ればわかるのですが）おかみさんに指を一本立てて見せました。おかみさんはやや驚いた顔をしましたがすぐ、椅子の一つを示しました。私はそこに座っておかみさんに麺を食べる仕草をして見せました。おかみさんはうなずいて、寸胴鍋のとは別のコンロに小さい片手鍋をかけました。私はホッとして、首に巻いていたストールを外しました。ブウンブウンと、なにかが回る音が遠くから聞こえました。すぐに出てきたのはにゅうめんでした。澄んだ茶色いスープに日本のとまるで同じに見える白いそうめん、刻み海苔《のり》とネギが散らしてあってほかに具はありません、私は一口すすってみました。薄味で、温かいせいかそうめんがやや柔らかい。海苔がしんなりほどけてかすかにきしみました。私はそれをしばらく黙って食べました。決してまずくはありませんが、絶品というにはなんというか、あまりに素朴というか簡単な料理でした。たとえばお茶漬けのような、あるいは素《す》うどん、おいしいとかまずいとかそういうことではない種類の料理に思えました。私はそれを食べ終え、両手を合わせてごちそうさまの仕草をしました。おかみさんが値段らしきことを言ったのですが聞き取れなかったので一万ウォン札を出しました。千円以上することはないだろうと思ったのです。案の定、女性はお釣りを返してきました。ざっと数えてだいたい三百円くらいだった計算でした。まあ安いのは安い、でも妥当という気もしました。いや高いかも。私は店を後にしました。もしかしたら彼が言っていたのとは違う店だったのかもしれません。一軒だけでなく他に開いている店があってそっちだったのかも、あるいは彼の情報の後店が変わったか潰れたか、とはいえ、そうであってもいやだからこそ、気持ち次第で楽しい旅の思い出です。さっきより開いている店が増えて、明るさも増して、辺りはやや賑やかになっていました。お菓子屋さんの前を通るとおばあちゃんがまた私を見てニコニコしました。どうだった、というような顔で私を見たので、私は親指を立てて見せました。あらまあ、そうお。おばあちゃんはそういう顔をしてうんうんうなずきました。私は出口を探しました。すると、また、ふらりと高い壁が目の前に現れたのです。目の前よりもっと間近にもうすぐそこに白い卵、赤茶色の段ボール、重なりあった不安定な段々、一瞬で眼前に迫り白くて小さい凹凸があるもののすべすべした卵型の卵一つ一つに天井につけられた小さい丸い電灯の光が反射して、その同じ光が色の悪い爪にも反射していました。自分の吐いた息が卵の表面にぶつかってネギとだし汁のにおいがしました。私は立ちすくむのと身をよじって避けるのを同時にしようとしました。私の肩が卵に触れました。軽い乾いた感触がして卵が上下を挟む段ボールの中でずれ押しこまれバランスが崩れ、私ははっというかあっというような声を出しました。卵男は、というかこちらからは卵の段々を無造作に押さえる筋張《すじば》った長い指と爪と濁った銀色の結婚指輪しか見えない、でもおそらく間違いなく去年漢方市場で見たのと全く同じ卵男はまるで何事もなかったかのように左右に揺れながら、ゆらりゆらりこちらに視線すら向けず顔すら見せず漢方市場よりはるかに狭い、両側からプラスチック製品がせり出したようになっている通路を横切りふいとまた消えてしまいました。私は今のが幻《まぼろし》だったように思い、いやむしろどちらかというと私の方が幻なのではないかと思い、妙に身辺がスウスウしてそのとき何事か後ろから短く鋭い声がしてどんと肩を叩かれ、ぎょっとして振り返ると食堂のおかみさんが、私のストールを真顔でこちらに突き出していました。食べるとき外したのを席に忘れていたのです。わざわざ持って追いかけてきてくれたのでした。私は慌てて頭を下げて何度もカムサハムニダ、カムサハムニダ、おかみさんは軽く肩をすくめると少しだけ笑ってまた店の方に戻って行きました。また地下鉄に乗ってホテルに戻り、身支度をしてその日のシンポジウム会場へ行きました。シンポジウムでは、何人かの語学を学ぶ韓国の学生さん（院生が多いようでした）が通訳をしてくれていました。ボランティアなのかアルバイトなのかあるいは大学の単位が出るのか、皆熱心で日本語がうまく、中には中国語や英語とのトリリンガルの人もいるようでした。その中の手が空いていそうな一人に声をかけ、卵をどんな風に売っているか、というか運んでいるか尋ねました。「たまご？」皆からミンちゃんと呼ばれている、くりくりした目の、髪の先端を緑色に染めている彼女は不思議そうに繰り返しました。「たまご、ですか？」「そう、市場で、白い卵をこう、いくつも重ねたようにして運んでいるのを見たんですけど」「たまご……」彼女が眉《まゆ》を曇《くも》らせて考えこんでしまったので私はなんだか悪いことをしたような気になって、ごめんごめん、今のは忘れてくださいと言いました。「たまご……ああ、でも、韓国の卵は白くないんですよ」「え？」「日本の卵は白いですね。韓国の卵の皮は茶色いですよ」彼女は殻《から》を皮と言ったように聞こえました。私は脳裏に今朝の、そして去年の映像を思い浮かべました。卵は白かった、というか、白かったからこそなんというか「そうなんですね。ありがとう」「お役に立てなくて申し訳ありません」彼女は丁寧にお辞儀をしました。私もこちらこそすいませんと頭を下げ返しました。シンポジウムは今日で終わり、明日朝の便で私は日本に帰ります。

パク・ミンギュ

「**デウス・エクス・マキナ** deus ex machina」

斎藤真理子＝訳

박민 규 / 데우스 엑스 마키나

その日の朝はジョギングをした。

神が降臨《こうりん》された「その日」のことだ。夏休みが始まった日だからはっきり覚えている。思いきり寝坊してやるつもりだったのに、なぜだかいつもより早く目が覚めたので、ジョギングに出かけたのだ。二週間ぶりのジョギングだった。出張続きで身も心もぼろぼろと思っていたがそうでもなく、気分爽快、頭も冴《さ》え冴《ざ》え。ふだん通りのコースを走り、偶然出くわした1410号とちょっと挨拶して、さらに二キロ走った。それからベンチで休息をとった。いつも折り返し地点と決めているベンチだ。僕は

ぼんやりと座っていた。近所のどこかから夏の匂いがしてきたけど、そんなことは全然重要じゃないだろう。川辺の、ちょっと生臭いような草の匂いだったかもしれないし、でなきゃ僕の汗の匂いだったかもしれない。うっすらと口のまわりがかゆかったのはヘルペ

スのせいで、それは実は体が疲れている証拠だった。ヘルペスはなかなか治らない。それくらい生活に疲れているという証拠なのだろう。ぼんやりと座って僕は走っている老人たちを見、自転車に乗っている女を見た。少し離れたところのフェンスの中でバスケットボールをしている十代の子たちが見えた。出勤を始めた車が一台、二台と道路を行き過ぎ……鳥のさえずりが聞こえた。僕はあくびをした。二台のキッチンカーが駐車している奥まったところで、背の低い子どもたちが猫を殺していた。

じっくり思い返したわけではないが

まだ１４１０号の名前が思い出せなかった。同じマンションに住み、何年か前にちょっとつきあった女だ。二、三回寝たことがあり、その後だったかな？　とにかく、結婚相手ができたと……どっか外国に行くと言っていた。そうか、おめでとうと挨拶をしたようでもあるし、ありがとうと言われたような気もする。多分そうだったと思う。口先だけのお世辞なら、二人とも自信があったので。

いつからかまた顔を合わせるようになった。文字通りたまたま出会ったのだが、それまでに僕は彼女の名前をすっかり忘れていた。聞きもしないのに、離婚して一人で戻ってきた、また１４１０号に住んでるが、マンションを売らずに持っててよかった、子どもはいない、また会えて嬉しいといったことをそのつど彼女は言い、僕はふーんそうなんだと聞いてやった。そうやって話をしたから、１４１０号という号数を覚えているわけだ。そしてその朝

彼女は短いレギンスにウインドブレーカーという格好で犬を散歩させていた。何やかや話したあとで、そのうち一緒に食事でもしようと僕は言った。そうしよう、とやはり口先だけのお世辞が上手な彼女が答えた。結局名前は思い出せなかったが……そうだ、重要なことではないだろう。とにかく、あくびを何度かすると初めて、休暇だという事実が実感できた。スマホを開いて僕は、ペナンを起点に絶対行くべきところや移動経路などを丹念にチェックしていった。ちょうどその翌日、飛行機の予約をしてあった。マレーシア・ペナン五泊六日の日程。自由旅行。わあー、と叫びながら子どもたちがどこかへ駆けていった。キッチンカーをめぐって張られたテントには大きなワッフルの写真が出ていて、僕は

たちまち腹が減ってきた。

ワッフルが食べたかった。
そして、それより
寝たかった。
早く明日になって
マレーシアに行きたかった。

そうして僕は
歩いて帰ってきた。

So much Fake News is being reported.
帰ってくる途中でツイートが入ってきた。
アメリカ大統領がつぶやいたものだ。
They don't even try to get it right, or correct it when they are wrong.

ツイートが連続して入ってきた。

彼と僕とはツイ友だ。

ワッフル、的なものを食べようと、マンションの近くにあるベーカリーにまっすぐ行ったら、窓際に座っている1410号が見えた。また会ったね？ と言いたげに彼女が手をちょっと挙げたので、僕はうなずいた。僕はトーストを注文し、いくつか離れたテーブルで一人で朝食をすませると立ち上がった。本格的な暑さに突入した日だった。早朝なのに、日差しの濃度が違っているように見えた。太陽を管轄《かんかつ》している誰かが、高価なエスプレッソマシンでも買い込んで、陽射しの豆を挽《ひ》いてるような感じだった。歩いているだけでも

僕はだるさを感じ

部屋に上がっていくとすぐに眠った。

長時間ではなかったが

休暇をもらった会社員だけがとることのできる

深い眠りだった。

神はそのあいだに降りてこられた。

目が覚めてシャワーを浴びてからも、僕はその事実を知らなかった。留守電いくつかと、そしてどんどん送られてくるいろんなＳＮＳのメッセージの数を見ても、特に確認もしなかった。髪を乾かし、下着を出して着て……旅行に持っていく服を用意してキャリーバッグの荷造りもした。その後さらにちょっと時間が経ってから、とうとう事態に直面することになった。「何らかの」ことが起きたと最初に教えてくれたのは、旅行社からの電話だった。「ご存じの通り」で始まった話の結論は、すべての航空機の離陸は禁止されており……払い戻しの意思があるか、と問うものだった。

なぜです？　僕が聞くと

なぜとは？　と彼が答えた。

電話を切るとすぐに事態を把握《はあく》した。あまりにもたくさんのメッセージを一度に見たので、誰かを通して知ったというよりは、ただもう、わかっちゃったという感じだ（もちろんその中にはアメリカ大統領のツイートも含まれる）。混乱そのものだった。そして僕は……しばらく記憶がごちゃごちゃなんだが……気づいてみると、モニターをつけてテレビにしがみついていた。何が何だか、それでも見当がつかなかった。ただ、確かなのはその瞬間、僕がTバックの紐《ひも》パンツと靴下《くつした》をはいただけの格好だったという事実だ。足首にかかる程度の

赤い靴下だった。何が何やらわからない「何らか」のこと、のアウトラインは、NASAの公式発表によって徐々に明らかになった。国際宇宙ステーション及び多くの人工衛星の資料に基づく具体的な声明だった。ただちに続いたブリーフィングで、ホワイトハウスの報道官が「神の降臨」という用語を使用したため、見当もつかなかったニュースの見出しが初めて決定された。そうだ。文字通りその日、神が、この地に降り立たれたのだった。いかなる徴候《ちょうこう》もなくその方は降りてこられ、いかなる衣装も身につけておられない裸体だった。片膝《かたひざ》を立ててしゃがんだ姿勢で……そして僕は紐パンツの圧迫感を覚えながら、国際宇宙ステーションと衛星たちが撮影した写真と映像を……また、それらをシミュレーシ

ョンした映像が反復されるのを、最後まで見守った。相変わらず頭の中はめちゃくちゃに混乱していたが、ただ確実なのは、神が男だという事実だった。宇宙空間には「葉っぱ」がない、という事実を我々は知っておかねばなりませんね——CNNのキャスターはウィットに富《と》む人物だった。

その日の混乱をいちいち列挙することはできないが、混乱に陥るしかなかった理由がいくつかあった。宇宙で撮影された映像を見ずにはとうてい状況自体の把握が不可能だったことだ。人間の形そのままに、神は地球上にそびえ立っていた。しかし我々が仰ぎ見られるような存在ではなかった。科学者たちの推定した神の背丈は約五六〇万フィート（一七〇〇キロメートル）で……身体の大部分は大気圏外の宇宙空間に位置していた。言い換えれば地上からは何が何だか、把握することさえ不可能だったのだ。人間的に見て

彼はあまりに巨大だった。

出現の過程も謎だった。ほんとに、あの暗黒の空間のどこかに機械装置があって、がた

んごとんと神を吊《つ》り下げておろしたような感じだったのだ。何の徴候もなく、闇の中から現れた一人の男が滑車で降りてくるように地球に着地し、今、僕たちを見下ろしているという状況だった。しばらく彼は微動だにせず、その状態で、不安と恐怖の……急ごしらえの世界規模の協力と対策準備の時間がすばやく流れていった。彼が降りたところは南太平洋のまん中だった。

統合チャンネルが素早く構築されて、世界は一つに結ばれていった。大国たちが共同で対応することに取り決められ、各国の利害関係や緊張関係、地域紛争などが瞬時に終了した。一瞬にしてほとんどすべての国家が臨時世界単一政府の傘下《さんか》に属し、最後に北朝鮮が加入してついに人類は一つになった。つまり、二日ぐらいだったわけだ、古代の石像みたいに微動だにせず神が立っていた時間は。その間に起きたことをまたいちいち列挙することはできないだろうが……僕みたいにテレビに頼っていた人間たちがこうむった恩恵は、より近くで、また詳細に神の姿を観察した映像をライブで見ることができたという事実だ。

神は、思いのほか

下腹の出っ張ったぽっちゃり体型で
猫背だった。
それが親近感を感じさせもしたが
なぜか、いっそう怖く感じられたことも事実だ。

そして、どことなく
脂《あぶら》っこい顔だった。

キム・ギョンシク。ギョンシクおじさんのことを話そう。初めて神の顔を見たとき、僕は自動的にギョンシクおじさんを思い出した。それくらい似てた……どころじゃなくて、そのものだったからだ。ランニングを着てるか着てないかの差があるだけで、体型も似ていた。ギョンシクおじさんは、僕が小さいときに住んでいた町で唯一の独身男性だった。特に問題がないかぎりほとんどの人が家庭を持って暮らしていた時代だ。もちろん彼には特に問題があった。子どもの僕の目から見てもそうだった。彼には職業がなく、どの家にも入っていってはものを盗んで食べる大人だった。夏には特に存在感が増大した。匂いのせいだ。垢《あか》まみれのランニング姿で彼が現れると、僕らは石を投げて逃げた。彼は怒らなかった。むしろ笑っていた。脂っこく。脂っこい顔で、一緒にゴーゴー・トップブレードのこまを回して遊んだこともある。彼はどこでもおしっこをし、誰かが用事を言いつけるとはい、はいとお辞儀をする大人だった。力はものすごく強かった。僕は、伸びたランニングのすきまから出ている彼の乳首……のまわりに生えた三本の太い毛がすごくおかしくて……それから、ときにはその持ち主がかわいそうに思えた。実は世話をしてくれるお姉さんがいるという話も聞いたが、詳しいことはわからない。彼は花が好きだった。花壇で写真を撮るのが好きで、花壇に入ってうんこするのが好きだった。四十歳近い大人だったが、何かというとすぐ鼻をほじった。真夏にはときどき髪の毛をゴム紐でくくって僕らの前に現れた。いうまでもなく、それこそ「夏の男」だったのだ。そしてある日彼は、引っ越してきて間もない新婚夫婦の家に入って新妻を強姦し、首を締めて殺害した（大きくなってから知ったことだが）。白昼の事件だった。そしてその後、二度と彼を見ることはなかった。神を見ていると

そのせいで僕は複雑な心境になった。思ったとおり、その親しみやすい外見のために、

ＳＮＳは世界各国で作られた彼のニックネームで埋め尽くされた。あれは私の兄だ、うちのおじさんにそっくりだ、ここに亡くなった父さんの写真を公開するからみんな確認してみろ、三年前に死んだ弟が帰ってきた――証拠写真も洪水のようにアップされた。マスコミもこれに同調したので、神のニックネームはとうとう「アンクル（Ｕｎｃｌｅ）」ということになった。アンクルは縮れっ毛だった。ギョンシクおじさんもそうだった。乳首のまわりはとても見る勇気がなかった。

宗教界はそれこそ荒波に飲み込まれた。二日間に起きた既成宗教界の論争もさることながら……救済と希望……審判と浄化……帰依《きえ》と引導……絶望と諦め……人類が培《つちか》ってきたさまざまな感情の導火線に火がつけられたのだ。インターネット上には驚くほど素早く新興宗教が乱立し、まるで新たな善悪の構図が形成されるように二つの勢力に分かれて成長した。立場の違いははっきりしていた。そして単純だった。アンクルを神と見るか、または悪魔と見るか、その違いである。軍の阻止ラインを突破して直接神に会おうとして南太平洋の警戒水域に入った団体が海上で拿捕《だほ》された……また、随所で、終末がやってきたという予言とともに自殺者が続出した。だが大部分の人類……政府の規制に従い、テレビに依存している僕みたいな人間にとっては「個人的な用事」のためにも汲々とする時間だった。例えば電話での会話、現金の引き出し、食料の確保、その他いろいろ……正直言って、何をしてあの二日間を過ごしたのか説明できる自信がない。ほとんどの時間はテレビを見守るばかり、そして安否確認の電話……それからチェ・イウン理事（職場の上司）との長電話（圧巻は、いっそ出勤した方がいいんじゃないかというアドバイスだった）……そしてまた……旅行社から払い戻しを受けた。マレーシア・ペナン五泊六日のフリープラン旅行が取り消されたのだ。そして僕は

二日間ずっと、あの紐パンツをはいていた。エアコンにも異常はなく、ときどき道路を見下ろしてみても特に変化は感じられなかった。いつも車で混み合っている交差点では相変わらず車が並んでいたし……ただ、歩道が目立ってがらんとしていたが、それもまあ蒸し暑さのせいだということも十分に考えられたし。飯どきになるたびに出て外食し、合間に速報を確認し、それからまた……臨時世界単一政府のトップになった僕のツイ友の演説を傾聴《けいちょう》した。人類は長い道を歩いてきたのであり……今我々はすべての「場合の数」に備えて……いつもと同様、彼はライブに強い人だった。よどみなく、その場で記者の質

問に答えていた。

私たちにも体感できる対応策としては、どういったものが？

驚いちゃいけませんよ、我々は現在アンクルと対話を試みています。

有意義な成果がありましたか？

現在のところはありません。しかし、大いに期待しています。ひょっとしたら今に、大気圏外でトップ会談が行われるかもしれませんね。

多くの人が最も気にしていることをお聞きします。アンクルの正体は何でしょうか？

調査中です。神はいつも我々に忍耐をお求めになりますからね。

彼が神でなく侵略者だったら対応策はありますか？

もちろんです。彼は絶対的で巨大ですが、国家ではありません。そのうえ徒手空拳です。

こんな仮定をしてみましょう。現在地球には、アンクルと似たような面積の国がたくさんあります。そのうち一つが全世界を相手に戦争を起こしたら、その結果はどうなるでしょうか？　おそらくどなたでも簡単に想像がつくでしょう。

アンクルの出現が地球環境に及ぼす変化については対応策がありますか？

調査中です。我々は今、四十五億年の地球の歴史において全く想定外の瞬間を迎えているのであり、今日がその二日目だということを肝《きも》に銘《めい》ずるべきですね。
現在までに何の動きもないと聞いています。アンクルは生きているのでしょうか？
それはおそらく、神がお答えになる問題でしょうね。

Well he is pretty！
その夜、ツイ友は久々にツイッターを投稿した。
アンクルの写真に添えられた
短い一行だった。

衝撃波が一度すみずみまで行き渡ると、その日の夜からは徐々に楽観論者たちの考察が共感を集めだした。「シャイマー」というペンネームのアラブ系女性の詩がインターネットを通じて拡散し、これがすぐに統合チャンネルによって全世界で朗読された。十代の少女だというシャイマーがパレスチナ出身である事実が公開され、イスラエルを代表するソプラノ歌手、アナート・ドレイが名乗り出てこれに曲をつけると、共感は倍増した。

見よ、一日にして何が変わったか
オリーブの木が立っているように、ただ彼が立っているだけで
見よ、何が変わったかを
一日にして私たちがどんな世界を作ったかを
もはや誰も銃口を誰かに向けず
死んだ両親の懐《ふところ》で血を流す子どももいない。
彼がそこに立つ前には
なぜこんな世界を作れなかったのだろう。
たった一日で作れる世界なのに
オリーブの木のような男が
立っているだけで作れる世界なのに
昨日の私たちは誰であり
そして今日の私たちは誰なのか。
あの木が永遠に立っていてくれることを私は願う。

今日の私たちが昨日の世界に戻ることも
一日にして起こるのだろうから
オリーブの木よ　永遠に立っていておくれ。
私たちが今後も自ら悔い改め
誰も殺さず
カインとアベルが一つになれるように。

十代のとき、僕はあほらしいゲームをやったことがある。修学旅行に行ったときだったかな？　とにかく、その場で罰ゲームを決めて、できなかったら罰金を払わなくちゃいけないルールだった。僕に科せられた罰ゲームはマヨネーズの一気飲みだった。僕はプライドがすごく高くて、死んでも罰金を払いたくなかった。その場に立って、マヨネーズをずずーっと一気飲みすると拍手が沸《わ》き起こった。だから罰金は免《まぬが》れたけど、修学旅行の間じゅうずっと胃のむかつきと下痢《げり》に苦しんだ。家に帰ってからもしばらくマヨネーズの匂いが消えなかった。理由はわからないが、その後僕は感動的な詩とか歌を聞くと胃もたれする人間になった。誰もが感じる感動や美しさに、いったいマヨネーズとどんな因果関係があるのかわからないけど……長いこと抱えてきた僕だけのハンディキャップだ。状況が状況だけにその日は大丈夫だろうと思ったが例外ではなく、むかむかした。詩が嫌いなわけでもないし、誰が悪いのでもない。朗読の途中で涙ぐんだりもしたのに……そして、さらに激しく

I'll be friends with him.

こんなツイートがまた到着した。

僕は飛び上がってすぐに吐き……若干の下痢を、した。「ルール」に対して一度も疑問を抱かずに生きてきたのに……こんどこそ病院に行かなくちゃ、と、むかつくマヨネーズの匂いを感じながら僕は水を流した。振り返ればこの二日、部屋にひきこもって暮らしたのが後悔されるが……ほかにやることがあったわけでもない。そのうえ、神を観察するというこの「アングル」には、妙な中毒性があった。恐怖がすぐに期待に変わり……ほとんどの人類が統制に従っている理由も、ひょっとすると我々が神よりも上の視点から彼を観察できたからかもしれない。国際宇宙ステーションがリアルタイムで伝えてくる神の姿は

——比率はちょっと違っていたが、小惑星の上に立った星の王子さまみたいでもあったし、現実というよりゲームの中の風景……またはキャラクターみたいに感じられたからだ。実際、早くも「アンクル」というゲームアプリが登場し、中継映像を見ている感覚そのままに進行するそのゲームの中で、みんな神に服を着せたり……着せ替えたりして……それがずしんずしんと地球を歩き回る姿に熱中していた。僕もアプリを入れて何度かそのゲームをやった。僕のアカウントの神は

服を着てなかった。僕は、アバターの着せ替えに目が眩《くら》んで課金してしまうタイプのユーザーではない。

僕はパンツをはきかえた。

そして次の日、

神が挙動を開始した。

彼は

口先だけの対話なんか

試みもしなかった。

息を殺してみんなが見守る中、突然、クン、と息をして……伸びをするように腕を振り回すときょろきょろとあたりを見回しはじめた。歓呼の声を上げた人々もおり――テレビには映らなかったが――悲鳴を上げた人々もいたのだろう。しかしそんなのはもう、一つも重要な問題ではなかった。その瞬間、世界の主人公が交代したからだ。

目を開けて、神は初めてこの地を、身をかがめてよく観察しはじめた。彼が歩き出すと、一歩で軍の警戒ラインが瓦解《がかい》した。神はきょろきょろと何かを探している様子で、やがて大股でニュージーランドに向かって歩いていった。全世界がその光景を見守っていた。

そしてわずか一瞬だった。彼はうさぎでも撫《な》でるように身をかがめ、がっしりした両手でニュージーランドをわしづかみにすると……むしりとって食べはじめた。地球からニュージーランドをはぎとって……もぐもぐ食っていた。そして……食べ終えると……長い……げっぷを、した。いっそあの光景を見なかったら、理解を超えた自然災害だとメディアも言い張ったかもしれないと思うけど……最大の悲劇は、全人類が、すべてを知っている作家の視点でその光景を見る以外なかったという事実だ。窓の外ではサイレンが鳴り、押し寄せる緊急災害メールでスマホが振動しはじめた。追悼《ついとう》する時間もチャンスもないま、僕のツイ友は地球防衛、すなわち戦争を宣布した。He will be met fire & fury, like the world has never seen! 言い終えても怒りが収まらなかったのか、彼は拳を握ってみせて、never! ever! seen! をもう一度強調した。ツイ友だから肩を持つのではなく、全面的に正しい言葉だった。

以後、僕らが見たものは
決して、絶対に、見たことのない

攻撃だった。臨時世界単一政府の指揮のもとに第一次大規模攻撃が実施されたが、それはまさに核兵器による攻撃だった。相手が相手だけに、警告射撃なんていう口先だけの銃撃は行われもしなかった。アメリカとロシア、中国とインドから発射されたミサイルは、予定された時間に正確に神の向こうずねを打撃した。すごく腹が減っていたがやっと人心地ついたというような表情で、神はそのときまでニュージーランド海域の近くでごろごろしていた。ぞっとするような閃光《せんこう》とともに雲が立ち上り……EMPの衝撃によってしばらく映像が途切れ……またつながった。驚いたことに神は無傷で……特段の反応も見せなかった。頭をぼりぼりかきながら彼はまたげっぷをし、大気圏外に位置したその顔は最初から、爆発だの何だのは感知もしていないようすだった。ツイ友は即刻、今回の攻撃は我々が保有している戦力の何百分の一にすぎないんだぞ！　という声明を出したが、相当数の人類はもう見当がついていた。シャイマーの詩のように、

ただ一日にして世界は全く異なる場所に変わってしまった。ちょっと腹がこなれたのか、のろのろと立ち上がると、彼は自分の股《また》をぼりぼりかきはじめた。悪意はないように見えた。ただもうかったるい、退屈そうな表情だった。そして彼は……自分の性器をいじりはじめた。CNNのキャスターの言葉通り宇宙に葉っぱはなく……神は誰よりも健康な男だった。おお、神よ！　人類の攻撃とは無関係に……彼は「他の意味で」すっかり立ち上がっていた。きょろきょろと彼が周囲のようすを探りはじめた。かちかちになった彼のペニスによって、まずは五基の人工衛星がこっぱみじんになった。彼がしばらく東北アジア方

面を凝視すると、日本人たちが真っ先にツイッターに遺言をアップしはじめた。僕もしばらく遺言をどうするか悩んだが……神の視線はそのあいだに他のところへ向かっていた。

表情を見るだけでもわかった。
食事はもう、お済みになったので
今、あの方が望んでいるのは
大きな、舌なめずりしたくなるような
豊満な尻であることを。

勃起《ぼっき》したペニスを片手で握りしめ
彼はアメリカに向かって駆け出した。

どれだけせっぱつまっていたのか——何らの発表もなく——僕のツイ友は走ってくる敵をめがけてミサイルを発射した。太平洋を蒸発させるほどの、途方もない威力だったが……無意味な抵抗だった。そうだ。彼は人間が把握してきた物理体系の範囲を完全に逸脱した存在であり……それでいてあまりにも……人間的だった。彼に不満を持つのはできない相談だった。超越した……絶対者……ひょっとしたら人類が考えてきた神の姿に符合する存在であり……またひょっとしたら、今まで人類が頑張ってやってきたことすべてを自ら代行する存在だったから……というわけだ。それらすべてを行うにあたり、彼はよくある「口先だけのお世辞」はおっしゃりもしなかった。ただ黙々と太平洋を渡ってこられ、アメリカに着くと自らひざまずかれ、荒々しい手でカリフォルニアをわしづかみにすると……ぶすっと……豊満でありながらもか弱そうな彼女を相手に、やりはじめた。

ネバー

エバー

見たことのない風景に、みんなが言葉を失った。音声のない映像なのにもかかわらず、サンアンドレアス断層の悲鳴が聞こえてくるような気分だった。頭を後ろにそらして、神はうおおおーと叫んでいるような表情をしており、それからまた急にぴしゃり、ぴしゃりと……オレゴンとカリフォルニアの尻っぺたを交互にひっぱたきはじめた。国際的な……非難が起こった。統合チャンネルは即時、映像を中止したが、ネット上にはどこにでも独立ストリーミング配信のチャンネルがごろごろしていて、誰もがこれを目撃することができた。シャイマーはまた一編の詩を書いた。

おお、アメリカよ
汝、可憐《かれん》なる女人よ
天も泣き
地も泣いている。
私にはもう言うべき言葉がない。
太った男には気をつけろとハッサンおじさんもおっしゃっていたのに。
峠《とうげ》を越えたロバは戻ってこられず
誰もそんな女は見たことがないと言う。
アラーは皆に警告なさらなかったのか
種は蒔《ま》いただけ刈《か》り取らねばならず
女の甘い涙は飲み込まれると。

何のことだかわからなかったので胃もたれはしなかった。だが、眠気が押し寄せてきた。もう、見ているのもしんどくて……しかも神はひどい遅漏《ちろう》だった。いくら何でも黙って見ているのも何だったので、Can I help you? と僕は初めてツイ友にツイートを送ってみた。もちろん答えはなかった。そして記憶が途切れた。暗い夜だった。僕は

夢を見た。
小さいころに住んでいた町が出てきて
いくら歩いても
誰もいなかった。
しばらくさまよっていると、一人の男が座り込んでいるのが見えた。
ギョンシクおじさんだった。
おじさん何してるの？　と僕が聞くと
脂っこく笑って、発射器を振った。
ゴーゴー、トップブレイド〜

こまが回っていた。

長い眠りだった。意識が戻ったとき、どっちが夢だったのか理性的な判断を下すのにしばらく時間が必要なほどだった。こんな状況でも眠らなくちゃいけないというのが人間の宿命なら……おそらく、ほとんどの人類が僕と同じプロセスを経て現実のドアをくぐっただろう。その間にアメリカはもう、満身創痍《まんしんそうい》になっていた。さまざまな複雑なプロセスがあったが、とにかく、アメリカを救おうとする試みがなかったわけではない。

ロシアのある科学者が、神を「単にサイズの大きい人間」と規定するなら、ひょっとすると今が最上の攻撃のチャンスだと発表し……そこで、物理的な衝撃を勘案して、最も致命的な急所を狙ったのだった。アメリカの上にのしかかっている神に向かって……正確には神の股間《こかん》を狙って……そしてロシアと中国の核ミサイルが発射された。ロシアが誇る「ツァーリボンバー」が神の股間で爆発する場面は、やはり圧巻だった。そして爆発が続いた……見ている僕がびくっとして歯が震えるほど荘厳《そうごん》な爆発だった。こんどは効果があるのではと思えた。

　神はびくっ、として
　ぶるぶると体を震わせた。

方向も軌道もまさに狙い通りだった！　あれなら大丈夫だ……そして、中国が右、ロシアが左の股間を担当して集中攻撃する戦略は有効だったという評価が下されたが……だめだった、攻撃のせいで体を震わせたんじゃなくて……神はその瞬間、射精したのだった。神は十二時間二十六分ピストン運動をし、そしてぶるる……と体を震わせてからようやくアメリカを放してやった。逆流する精液が海域を汚染し……意識を失ったかのように、僕のツイ友はもうそれ以上、ツイートしなかった。

おのずから。もう人間にできることは何もないと思われた。誰もが同じことを思っただろう。順序が違うだけで、みんなが次々にむしって食われ……そして犯されるほかにもう未来はなさそうに見えた。もはやこれまで、と僕は思った。違う違うこんなんじゃ嫌だほんとにこんなんじゃ嫌なんだよぉおおおと泣きながら裸足で駆け出して新しい人生を始められる別の星、も存在しなかった。

暑かった。
紐パンツ姿でオリーブグリーンの靴下をはき
僕はぼんやり
スタンドミラーの前に立って自分を見ていた。
いっそ、このまま飛び出して
狂っちゃった方が最終的に得なんじゃないか
とも思った。

廊下に響きわたる悲鳴を
そのとき初めて聞いた。

窓の外をうかがってみると、街のあちこちに黒煙《こくえん》が上っていた。すでに外に飛び出し、我先に最終的な得を追求する人間たちが大挙《たいきょ》して押し寄せては……衝突していた。これまで僕は何の備えもしてこなかった。だけど何の意味があるというのか。冷蔵庫に卵は何個残ってたっけ……といったことを思い出したあと、僕はそのままベッドに横になった。いつか電気が切れ、断水になり……でなければ建物が倒れ……空中にどーんとそそり立った神の口の中にごくんと飲み込まれ……結局同じことだ、と思った。サイレンの音がまた聞こえたが、いつかサイレンも鳴らない時間が迫ってくるだろう……避難訓練でもしているかのように、ひとりでに目が閉じた。

電話の音で目が覚めた。
１４１０号だった。
彼女は泣いていた。
怖くて死にそうだと言った。
もしよかったら１４１０号に来てくれないか、とも言った。
正確には、来てくれる？　だった。

嫌だと、言った。

ちょっと目が覚めるたびにトイレ、ニュース確認、またベッド、それをくり返した。そのあいだに神はまた多くの国と島をむしって食い……カナダを横切ってヨーロッパを犯していた。逆流して海水に流入した大量の精液……神の精子にぶつかって死んだ鯨たちの死体の写真がアップされており、僕は布団の中でにやりと笑ってしまった。どこかからマヨネーズの匂いがしたが、そんなことは全然重要ではないだろう。交換してないエアコンのフィルターのせいかもしれないし、または布団にしみついた僕の匂いかもしれない。口のまわりが猛烈《もうれつ》にかゆかったが、僕はまた眠ろうとした。だが、次に目を覚ましたとき……もう二度と眠れないぐらい口がかゆかった。いくら探してもかゆみ止めが見つからない。焦る気持ちで窓の下を見下ろしてみたが、営業中の薬屋などあるはずは万に一つもなかった。そして……歩道に倒れている二体の死体を見た。十七階から見ても血の跡がはっきり見えた。結局のところ、ヘルペスの問題だなんて……激しい憂鬱《ゆううつ》が押し寄せてきた。ニュージーランドがまるごと消えたときにもこんなに憂鬱ではなかった。人類というものは結局、長い交差感染の結果だとも思った。

もしかして、かゆみ止め、ある？

1410号に電話した。

あると言った。

来るときほんとに気をつけてね、とも言った。

口先だけの言葉ではなかった。

ステンレスの包丁を持って、紐パンツにスニーカーをはいただけという格好で廊下に出た。しばらく悩んだが、この方が安全だろうと思ったからだ。効果があった。廊下のはずれのロビーで誰かがうろうろしていたのだが、僕を見て一目散に逃げていった。エレベーターには乗らず、僕は非常階段を利用して十四階に降りていった。そしてドアを叩いた。

かゆみ止めを塗るとたちまち憂鬱から抜け出すことができた。パン食べる？　と彼女が聞くので、ありがとうと僕は答えた。彼女の犬が見当たらなかった。犬について、僕は尋ねもしなかった。こんなに長時間飢《う》えてたなんて信じられないくらい……僕は腹が減っていた。1410号がミルクとパンを渡してくれた。不規則にふくらんだライ麦パン……ニュージーランドみたいな形のパンだった。哀れなニュージーランド……彼女は目のまわりが腫《は》れていて……地肌が見えるぐらいに、髪の毛が一束抜けていた。首にもあちこち引っかき傷ができていたが、僕は何も聞かなかった。

両親と妹と連絡がとれないと彼女が言った。どこに住んでるの？　と聞くと、バンクーバーに住んでいる妹の家に両親が行ったのだが、誰とも連絡がとれないともう一度、言う。僕は何も言わなかった。唇《くちびる》どうしたの？　と彼女が聞いた。ヘルペスだよ、と僕が答えると、私もヘルペスだったのよ……と彼女が言った。ありがとう、もう行くね。僕がそう言うと、彼女は帰れとも帰るなとも言わなかった。建物の内部のどこかからまた、おぞましい悲鳴が聞こえてきた。

何も起きなかったら

夏休みが終わるころだった。

そして、僕は

何ごともなかった人間みたいに

１４１０号にさらに何日か泊まった。家具を移動させてドアをふさぎ、槍《やり》に似た最低限の武器を自分たちで作った。そして何ごともなかったように僕らは食べ、飲み、袋のねずみのように隠れていた。電気と水がまだ供給されていることは驚きで……それはまた幸運なことだったが、これが最後の平和であることを僕らは知っていた。だからといってここぞとばかり会話をしたわけでもない。かゆみ止めのおかげで、耐えられないほどかゆいとかいうことはなかったが……ヘルペスはなかなか治らなかった。唯一の楽しみがあるとすれば、バラエティ番組でも見るみたいに並んで座り、また一日、神の活躍を見守ることだった。ある意味彼は、憎むに憎めない存在だった。何の悪意もなく、ただ食べて、種をまき散らし、寝るだけの人間を憎むのは、生まれたばかりの赤ん坊を憎むのと変わらないと僕は思った。彼は今アフリカを一生けんめい犯していた。困ったことにはその姿はかわいくて、愛らしいのだ。

くくくくくっ。むけた部分だけで百キロだってよ。

1410号が爆笑した。

チャットルームでは、この状況を楽しむことにした人間たちがありったけのジョークを飛ばしあっていた。例えば神のペニスのサイズだとか、体位別ハイライトだとか……神の食事シーンベスト10とかいったものを際限なく作り出していた。アジアはいいですよねえ。そんなことないですよ、もうシャワー浴びて、待機に入ってますよ。そんな虚しいジョークや幸運を祈るメッセージもやりとりされていた。まだ神の手が及んでいない国は、内戦と虐殺、略奪と暴動で惨憺《さんたん》たるものになっていた。

セブンアップ飲みたい。

僕の肩にもたれて1410号がつぶやいた。彼女が寝ているあいだに、神のセックスシーンにも食事シーンにもある程度飽きたコミュニティに、再び興奮が押し寄せていた。やはり前触れもなく、もうお一人の神が追加で降臨されたのだ。こんどは女だった。さらにごっつい体格だったが、宇宙空間にりんごの木や誘惑する蛇《へび》がいるわけもないので、一目で女とわかった。インド洋北部……アジアだった。女神はただちに活動を開始した。インドの一部をべりっとむしり取って召し上がると、しばらく休息、それから股をぼりぼりかきながらあたりを見回していたが、どしん、どしん、と歩いていかれ、突然、おや、これは使えそうだねという顔でエベレストを撫でまわされた。そして

僕も眠ってしまった。目を覚ましたときはもう、電波も電気も入らない世界になっていた。食料は十分に残っていたが、それよりも生命の方が……もう長くないことを僕は直感した。異常なくらい、ここから出たかった。１４１０号も同じ思いだったが、出入り口も駐車場ももう、狂った連中が占領しているだろうと言った。じゃあ屋上はどうかな？　僕が言った。そこはどうかわからないと１４１０号は言ったが、その顔は恐怖でいっぱいだった。僕らは初めてお互いをぎゅっと抱きしめた。１４１０号は泣き、僕は涙も出なかった。

ペアルックで行こうか？　彼女も紐パンツを持っていた。パンツだけはいて、僕らはお互いの顔と体に絵を描いた。ヘアカラーや口紅など彼女の化粧品が良い道具になってくれ

た。誰が見ても関わり合いになりたくない狂った男女になって、僕らは鏡を見てけらけら笑った。そして一本ずつ槍を持った。彼女のクローゼットの服をかけるステンレスのポールに、包丁を差し込んで作った武器だ。これが最後という気持ちで晩餐をとり、僕らはついにドアを出た。異様なほど廊下は静かだった。非常階段を上っていくと、男が一人、しゃがんだままむせび泣いているだけで、嵐が通り過ぎたあとのように、屋上に向かう鉄門の閂《かんぬき》が壊れていた。いとも簡単に門を開けて入ると、白いコンクリートの平原が、草原みたいに感じられる平原が、目の前に広がっていた。大きく深呼吸をしながら僕らは空気を、また風を思い切り吸った。あああああ〜っと絞り出すように大声を出しながら彼女が走り出し、僕も彼女を追って屋上を走り、走り、また走った。はあ、はあと息が切れるぐらい屋上を走り回ったあと、彼女は槍を高く掲げてけらけら笑いだした。真夏なのに

それに真昼なのに、まるで秋も終わりの季節にでもなったみたいに日光は力なく、空も暗かった。たぶん神がエベレストを食べてしまい、この近くまでいらしているという証拠

だろう。三歩ぐらい離れたところで彼女に向かい合ったまま、僕はいきなり踊りだした。彼女はまたけらけら笑うと、こっちも一言いわせてよと言いたげに体を揺らしはじめた。そうして向かい合ったまま、僕らは踊りつづけた。笑いが吹き出した。途中で彼女がパンツを脱ぎ捨てたので、僕もパンツを脱ぎ捨てた。紐パンツだから脱ぐのは雑作《ぞうさ》もない。そして僕らは踊りつづけた。突然、１４１０号の名前が気になったが……今さら聞くのもすまないことだと思ったから、僕はダンスだけに集中した。地軸が揺れ、響き。神が来ておられる。

考えてみれば何もかも
解決されたという気もした。

マヨネーズ一気もなくなるだろう
マヨネーズぎゅっぎゅっ、一気、一気
マヨネーズ、一気
うんざりだったあんなゲームも、もう終わりだ。

데우스 엑스 마키나 (deus ex machina) by 박민규 (Mingyu Park)
Original book including this title:『창작과 비평』179 호
Copyright © 2018 by Park Mingyu
Used by permission of Park Mingyu through Japan UNI Agency, Inc., Tokyo.

高山羽根子「名前を忘れた人のこと Unknown Man」

大変に失礼なことに、名前も顔も思い出せない人がいる。

かなりの粗忽者《そこつもの》なので、ここまで生きてきた中でそうやって名前とか顔を忘れてしまった人が、たぶんたくさんいる。忘れているのだから、当然、どのくらいの人数がいるのかも覚えていない。あの人、あの人、と、思い浮かべる顔もぼんやりしている。

中でもそのひとりに関しては、名前と顔の両方ともまったく覚えていなかった。父親というほどでもないくらいの、それでもそこそこ年上の男性だということはまちがいない。でも彼自身について覚えているのは本当にそこだけだった。

ここまで曖昧《あいまい》であればもういっそ、存在自体を忘れてしまっているのと同じような気もする。ただ、どういうわけかこれまでの人生の視界にほんの短い期間だけ、彼がいたというかすかな、でも確実な印象だけは、とぎれとぎれでも、長いことあとを引きずるみたいにして、すーっと、私の心の中に残っていた。

たしかあのとき、私は学生だった。学生課の吉村さんから紹介を受け、ボランティアあるいは実習だったかで、美術品展示のスタッフをしていた。そこで彼の作品の展示を手伝ったのだと思う。だから私は彼の名前や顔よりも、彼の作品についてのほうが印象に残っていた。

彼自身よりも作品を覚えているというのは、ただ小説を書いていますと自己紹介されるよりも、その文章を読ませてもらったほうが本人のことを記憶に残しやすいのと同じことかもしれない。

彼が展示していた作品はインスタレーション、ようは一般的に現代美術とか言われたりするものの類《たぐい》だった。だから彼は現代美術の作家だったのだろう。もし彼が現在も生きているなら、おそらく今でも彼は作品を作り続けているだろう（それに関してだけは、まったく無根拠な確信があった）。

会場はどこかの自治体が運営しているギャラリーで、期間は夏の初めごろだった。だから展示の作業自体は夏休みが始まってすぐくらいだったと思う。友野さんという、私と同じくらいの年齢のスタッフとふたりで、作家である彼と主に三人で作品を設営した。

作品は最初、すべて大きな木製の箱の中にひとまとめにして入っていて、箱の表面には船便の札が貼られていた。友野さんと一緒に箱の中から緩衝材《かんしょうざい》と薄紙にくるまれた塊を取り出し、剥《む》いて緩衝材と薄紙を箱に戻し、中身だけを持つ。塊は両手のひらで隠れるくらいの大きさで、片手でも持つことができる、おそらく数百グラムていどの重さだった。展示イメージの指示を描いた詳細な絵コンテがあり、その写しを片手に、位置の確認をしながら塊を床に並べていった。塊は人の顔の形をしていて、大きさもそのまま、人の顔の原寸大だった。頭部、というよりは顔の部分だけの、色のついていない、あるいは生成《きな》りっぽい白にうっすらと色づけされていたかもしれない、平たいものだった。塊はいくつもあったけれど、複製したものではないようにみえた。どれもそれぞれちがった顔をしていたから。デスマスクほど精密でなかったけれども、まちがいなく人間の顔だと判断できるような形状だった。重さからすると石膏《せっこう》よりも軽く、おそらくは肉厚な紙の張り子か、紙粘土、または柔らかい素材の木製や素焼きの陶磁《とうじ》だったかもしれない。手触りはすこし引っ掛かりがありはするもののさらさらしていて、触って潰れるようなもろいものではないけれど、重いものが乗っかったりぶつかったりしたら壊れてしまいそうなものだった。

展示室の壁には、彼の描いたらしき大きな絵があった。メキシコの壁画に似た、たぶんその国の人にとっては政治的な主張があるのだろうモチーフが描かれている。絵のすぐ下の床に、白い顔を並べるという作品だった。絵と顔がセットの作品だったのか、あるいは絵画と立体で別々の作品だったのか、それも今となったら曖昧だった。並べた顔の正確な数は覚えていない。たしか数十個はあった。並べかたは均等ではなく床に散らばっているような状態で、友野さんと私が絵コンテの指示に従って並べ、その後で、作家である彼が会場の光や順路を確認しながらあちこち移動させていき、なんとなくその場で展示するべき位置が決まっていった。

彼はアジアのどこかの国から、作品を展示するために日本に来ていた。彼の国籍さえ忘れてしまったのは、彼がとても流暢《りゅうちょう》な英語で話していたからだった。たぶん彼は、日本だけでなく海外のあちこちで展示をしていたんだと思う、そのうえ私は当時、日本以外のアジアの国についての情報をあまりたくさん持っていなかったので、彼の名前がどの国の文化に由来するのかよくわからなかった。韓流が流行り、タピオカが広まるよりずっとずっと前のことだった。当時、日本で上映するアジアの映画で多くの人に知られていたのはジャッキー・チェンの香港映画あたりがせいぜいで、チャン・イーモウやチェン・カイコーのような中国の第五世代監督の作品は、日本ではたぶん一部の人たちにしか知られていなかった。台湾のアイドルも、冬ソナも、K-POPも存在を知られていなかったか、そもそもまだ存在すらしていなかった。

きっと、どれかひとつかふたつでも心に引っかかって覚えている単語があれば、検索をかけてSNSアカウントなんかがヒットするのかもしれない。でも彼についての私の記憶の中で、かろうじて残っていたのは彼の作品に関する印象だけだった。タイトルもわからず（無題、あるいは作品ナンバー程度のものだった可能性もあるけれど）、展示の際に持ち運んだ塊の大きさや重さ、作品の規模感やそれぞれの距離感、展示空間の広さというような、ぼんやりとしたものしか残っていない。それらをもとに、日本語や英語で検索できるアーカイブはとても期待できそうになかった。

大学を卒業してから私は、仕事の合間にいくつかの国を旅した。粗忽者なので多少の恥をかいただろうし、単に忘れているだけかもしれないけれど、いつも、どの国でもいっさい拒まれることはなかった。どこの店でも追い出されることなく適正な価格でおいしいものを食べ、市場をうろうろしていくつかのおもしろいものを買うことができて、夜のお祭りの雰囲気の中でビールを飲んで、ときどき野球や、野球に似た奇妙な競技の試合を観戦することもできた。たいていの国で美術館や博物館に行って、たまに小さなギャラリーを見てまわった。

私が子どものころには、香港がまだイギリスの直轄《ちょっかつ》植民地だった。ベルリンにはまだ、大きな落書きだらけの壁があって、すくなくとも日本が確認できる世界情勢のど真んなかに冷戦があった。

当時話題になった、いくつかの写真だとか映像は覚えている。たくさんの人に引き倒されている男性像だったり、並んだ戦車の前に立っているひとりの男の人だったり。像も人も、名前を知らない人たちだった。そこかしこでデモや暴動が起こって、悲劇が生まれた。もちろんどの国にも美術だったり文化だったりがあって、芸術家が、映画を撮る人が、小説家がいた。事件と同時に、忘れっぽい私が覚えているくらいの有名な作品がいくつも生まれていた。その作品の多くは、今でも美術館で見たり、オンラインで検索することができる。作品名か、あるいは実際の事件の名前、当事者の名前さえ覚えていれば。

私が今までに旅した場所のどこにも、あの現代美術家の彼や、彼の作品が展示されているのを見かけることが無かった。ひょっとしたら今、彼はアジアではなく別の場所に移住していて、ドメスティックな活動を捨てて、たとえばアメリカやヨーロッパあたりででも活動しているかもしれない。あれほど英語が堪能《たんのう》だったし、日本だけでなくあちこちに作品展示をしていた人でもあった。

もちろん人生の折々でずっと彼のことを考え続けていたわけでも、旅をするごとに思い出したり、探し続けたりしていたわけでもなかったけれど、彼のことを脳の中から完全に消し去ってしまったわけではなかった。ときどきなにのきっかけか、彼のことがとぎれとぎれ、記憶の中のほんの端っこに、うっすらと点滅するみたいに湧いたり消えたりしていた。

ついこの間も、彼の記憶が頭のどこかから現れて、彼はひょっとすると韓国から来たアーティストだったのではないか、と考えることがあった。このときにはでも、もうすでにほとんど無いものと同じだった彼についての記憶は、作品の印象とともにいっそう薄れていきつつあった。

なのにどういうわけか、今回の旅の中で起こったいくつかのできごとがきっかけになって、あのときのきれぎれの記憶が目の前にころりと出てきたのだった。

初夏にさえ早い時期だったのに太陽は強かった。私はなんどか、とても長い信号につかまってうんざりしながら（後で地図を見たら、地下道で避けることのできた信号らしい。

ソウルは地下街が非常に発達している）、ツアーバスの発着場に到着した。

北朝鮮と韓国の境界になっている三十八度線付近を見学するには、専用のツアーを利用しなければならなかった。どうやら国の決めごとで、その地域に入るためには三十人以上の団体でなければならなくて、個人で電車やタクシーを手配して行くことはできないらしかった。集合場所についたときからしていた嫌な予感が的中してしまった。やって来た日本語ガイドの女性（彼女はハングルとローマ字と、その下にカタカナで『ホン』と表記された名札をつけていた）は、手元の書類を見ながらなにか声に出している。それが人の名前で、しかも私のもので、ホンさんがずっと私のことを呼んでいるのだと気がつくのにかなりの回数、ホンさんに私の名前を呼ばせてしまっていた。

その日、ツアーに申しこんでいた日本人は私ひとりだけのようだった。もうちょっと英語を理解することができたなら、予定を切り替えて英語のツアーに混ざっていくことができるのかもしれないけれど……と、ひとりで考えていると、ホンさんが一緒に英語のツアーバスに乗ることを提案してきてくれた。英語でのガイドがあった後に日本語で説明の補足をしますから安心してください、それが厳しいようでしたら無料キャンセルになりますけれど、というホンさんに、かえって申し訳なく思う。ホンさんは若い女性で、とても日本語が上手だった。

大きな乗り物の中には、そのときツアーで申しこみをしている人たち、ヨーロッパ各国やアジアのいろいろな国から来た人たちがみんな抱き合わせで詰めこまれているのがわかった。車内にはさまざまな人たちが各地域のガイド役の人を連れて乗りこんできている。通訳付きで英語でツアーバスに混ざりこんでいるのは自分だけではなかったのだ。気がついていなかっただけで、いくつもの言語を使用する人々がこのひとつのバスに乗り合わせているのだった。

軍事境界エリアに入るためのゲートを通るとき、車中に軍人らしき男が入ってきた。ひとりずつのパスポートを確認し、人数をカウントする。帰りにまた数えられるんですよ、人数が合わないとバスの中の全員が帰れません。とホンさんが冗談めかして、小さい声で言った。たしかにこの手間を考えると、ゲートを通過する観光用の自動車を一台ずつすべて確認するのはたいへんで、一台三十人以上の集団にまとまって入らないといけないというのはなんとなく納得できた。

注意深く聞いていると、バスの通り過ぎる場所ごとに行われるとぎれとぎれの英語の解説は、私のつたない英語の読解力でもまったくわからないわけではなかった。きっと各国の人が参加する英語のツアーだから、たくさんの人にわかりやすい英語を使って説明してくれているのだろう。

英語の解説を聞いてからすぐホンさんに個人的に日本語で補足してもらうのも、なんだか得をしたような気分だった。英語の説明が終わった後、何語かわからない追加の説明が車内をあちこち飛び交っているのも、けして鬱陶《うっとう》しいものではなかった。たくさんの国の人が別の国の戦争の話をそれぞれの国の言葉で聞きながら、ひとつの大きな乗り物に乗って移動しているということがなんだかおもしろかった。

ホンさんは、説明のためにクリアファイルに入った地図まで用意してくれていた。膝《ひざ》の上で地図を広げながら時系列で第二次世界大戦後の南北朝鮮の解説をしてくれる。ホンさんの説明はとてもわかりやすかった。ホンさんの話は、短いながらもさっき聞いた英語の解説よりすこし専門的で、この国の歴史をあまり知らない人からしたら高度なものに聞こえるかもしれないものだった。

「ずいぶん専門的ですね」と私が言うと、

「もともとこのツアーに申しこみをする日本のかたはいろいろ知っていますので」とホンさんがこたえた。

いわれてみれば私は、勉強というものをほとんどしてこなかったのに、意識せずにこの国について断片的に知っていることがいくつもあった。大韓航空機爆破事件で両脇を抱えられながら降りてきた女性テロリストの名前がキム・ヒョンヒだということも、北朝鮮の報道番組で独特の節回《ふしまわ》しで喋《しゃべ》るピンクのチョゴリを着た女性アナウンサーの名前が、リ・チュニだということもなんとなく知っていた。

以前には日本でもバラエティー番組で、お笑い芸人が韓国語の歌を歌ったり、北朝鮮の子どもたちの歌や踊りを放送するちょっとふざけた深夜番組もあった。私がただぼんやりと生きていると思いこんでいた間、映画やニュースや人との会話で、それなりに隣国の断片を、詳細はともかく見知っていたらしい。そんなあたりまえのことを、いろいろな国の人が居るこの乗り物の中で、英語と日本語で（そうして何語かもよくわからない言葉で）こま切れに説明されている言葉を聞きながら気がついた。

日本ではどういうわけかチョコパイ騒動で話題になったという、二〇一六年二月に閉鎖された開城《ケソン》工業団地も、江陵《カンヌン》で座礁《ざしょう》した潜水艦の事件も、英語ガイドの観光バスに乗り合わせていた人たちの中で知らない人は多い。とはいったって、私にしても臨津江《イムジンガン》（イムジン河）という川の名前は歌で名前を知っているというだけのことだし、板門店《パンムンジョム》付近でポプラの木を切り倒したポール・バニヤン作戦のことや、境界線の周辺に台城洞《テソンドン》という村があることだって、映画かテレビ、本によって自然に頭の中に流れこんできてしまったもので、獲得までにそれほど強い情熱はなかった。

いま個人的な行いとして、韓国の情報を手に入れることができる一番のメディアは映画で、二番目はたぶん小説だった。テレビで受け取る情報はここのところ驚くほど減った。それは私がテレビを観る機会が減ったのか、テレビ番組自体に変化が起こったのかはわからない。でも、その逆をいくように今は、ネットフリックスには韓国の映画がたくさん並んでいて好きなものを観ることができるし、韓国の翻訳小説が出版されることも増えた。ぼんやりと生きていて知ることができるものは減ったかもしれないけれど、知りたいと思う人がその真偽も含め注意深く調べれば、インターネットでは自分の好きな韓国の俳優や作家の情報を得ることができた。

「その話については、たいていは映画を観て知っています」と言うと、

「映画は、とても多いです。とても多い」とホンさんはこたえた後、

「ありすぎるくらい」と付けたした。

数箇所の緊迫した場所と、悲劇的な物語を表す場所、そうして今はほとんどが観光地と

して整備されている場所を回ってから、解散場所に戻る途中でホンさんの話を聞いている間、私は彼女の「映画がありすぎる」という言葉を思い出して、それからいくつかの韓国映画のことを考えていた。『弁護人（변호인）』はケーブルテレビで、『タクシー運転手（택시운전사）』は映画館で観た。どちらも、ある程度の脚色があるとはいえ、この国で起こった実在のできごとをもとに作られている映画だった。どちらも国同士の戦争の話ではないけれど、戦争とまったく無関係ともいい切れない、武力によって人の命が失われたできごとの話だった。そうしてたぶんそのできごとは、もう自分が日本にすでに生まれていて、ふつうに暮らしている間に起こっていたことだ。

私が今まで観た中で一番大好きな韓国の映画は『息もできない（똥파리）』だ。映画館でもDVDでも、何度も、シーンによってはセリフを覚えてしまうほど観た。でも、作品の中で使われている言葉については、たとえ私が今後、韓国語をどんなに勉強したとしてもうまく使いこなす自信が無い。それだけこの映画の中に飛び交っていた韓国語は、意味をはっきりと理解することができないのにもかかわらず、聞いているだけで緊張感に満ちた、使う人と使われる人のお互いを傷つける痛々しさが感じられるものだった。

日本だとか韓国に限らず、世界中のそれぞれの国に、同じような痛々しい罵倒の言葉があるのだろう。詳しくわからないからこそ、不用意に口にしてはいけないだろうという予感だけをまとう表現はあらゆる文化の中にうずくまっている。ひとつの旅ごと、映画ごと、本を読むごとに、私たちはそれらについて自然に、注意深くなっていくのかもしれなかった。それぞれの言葉には、痛みの伴う悲しい文化があるのだろうと思え、悲しみごとすべて引き受けてその痛々しい言葉を口にすることが、よそから来た人間にはどう考えてもできそうになかったし、とはいえその言葉を、文化の中で無いものとして扱ってはいけないようにも思えた。

　翌日、私が観に行った韓国の現代美術系のギャラリーは弘大《ホンデ》のそばのあたりにあって、地元の若い学生のグループ展示が行われていた。弘大と呼ばれている弘益大学《ホンイクテハク》校は、日本でいう芸大だとか美大にあたる学校だった。そばにはギャラリーや芝居小屋といった若い人が表現を発表するためのスペースがたくさんある。
　あのときギャラリーには、ひとり若い男がいて、彼はユンと名乗った。たぶん展示にかかわっていた学生だろう。日本に行ったことがある（もしくは日本にしばらくの間住んでいた）らしい。ユンさんは以前、東京にある朝鮮大学校が、そこに隣接した美術大学と共同で展示やインスタレーションを行っていたのを観に行ったことがあるといった。

大学という場所は、通う学生以外にも様々な人が入ることを許されていると思いこんでいたので、東京にある朝鮮大学校の敷地の多くの場所が、難しい手順を踏んで許可をとらなければ入ることができないというのは意外に思えた。朝鮮大学校の美術専攻の人たちと、美術大学の人たちで敷地の一部を一般開放して作品を展示するというのは、朝鮮大学校の美術専攻の人たちの使っている施設の一部を来訪者に無条件で公開するということでもある。そこでは展示される作品と同じくらいに重要なこととして、この展示に至った学生たちの経緯だとか、それぞれが考えていたこととの変遷が、時間軸ごとに貼られたメールやスケッチ、日記のようなメモ、ポストイットなどでまとめられた資料として見ることができていたらしい。ユンさんにとっては、作品自体も良かったが学生たちのやり取りが作品以上に興味深いものだったと言う。それら展示のドキュメントについて、とても考えさせられるものだったという話をきかせてくれた。

ユンさんにとって、日本にある朝鮮大学校の存在は、日本人にとってのそれとはまた全然ちがったものなんだろう。日本人は、希望をすればわりと容易に北朝鮮へ旅行をすることができるけれど、日本で朝鮮大学校に通う若者たちと、ユンさんのような韓国に住む若者の間にあるハードルは、私たちが思っているよりも、ずっと高いんじゃないだろうか。日本だけじゃなく、他の国にいる北朝鮮を故郷と考えている人々とのやり取りは、ユンさんにとって、とても重要な体験なのかもしれない。元はほとんど同じ言葉を使う者同士の、地続きの場所に住んでいる人たちであるにもかかわらず。

いっぽうで私のほうは、ユンさんがとても興味深かったと話すその展示について、そんなことが日本で行われていたことさえ知らずにいたんだった。

学生時代、友野さんと私が美術作家の彼とともに作業をひとくぎり終えて、展示作業をしていた会場で休憩をしているときだった。展示室には空調がきいていたけれど、窓からさす光は完全に夏のそれだった。彼は、

「私は torture を受けたことがある」

というような言葉を口にした。その torture という単語の意味を、聞かされてすぐはわからなかった。torture、torture ってなんだろう、と私が小さい声で何度かつぶやいていたのを聞いていた友野さんが、

「拷問《ごうもん》、拷問って意味だよ」と、こっそり教えてくれた。

彼はどうやら若いころ、自分の生まれた国で拷問を受けたことがあったと告白してくれたらしいのだった。突然の告白の以降、彼もそれ以上自分の国のことは話したくなかったのだろうか、または詳しく聞かれもしないのに無理やり聞かせるのは良くないと考えたのか。その後はたぶん現代美術の話や、日本の当時流行っていたアニメやゲームの話をしたのを覚えている。

あのとき驚いたほうがよかったのだろうか、また、怒るべきだったのか、悲しむべきだったか、より詳しくきかせてくれというべきだったのか、それ以上何もきかないのが正解だったのか。いや、それ以前にあのとき、どういう表情をして、どういうリアクションをしたのかさえよく覚えていない。きっと、拷問を受けたことがある、という告白に対して私が当時たずねることができるようなことなんて「痛かったですか」とかいった程度のことだっただろう。覚えていないということは、あまり詳しく話さなかったということだ。

私と友野さんが彼といたのは、展示の準備をしたほんの二、三日のことだった。そして年上といっても自分の父親ほどではない男、美術作品を作っている目の前の美術作家は、かつて彼自身が生まれて育った国の、警察か軍隊かよくわからないけれどとにかくそういった力を持っただれかに捕まって拷問を受けていたのだ。

会場の床に散らばって設置された白い顔は、空調のきいた展示空間で、すべて天井を向いていた。

彼のことを思い返す直接のきっかけになったのは、ギャラリーにあった最新の展示品ではなく、また、国立の現代美術館で見かけた大きな作品でもなかった。

三十八度線を見に行った旅の最終日、空港に行く前に民俗博物館に立ち寄った。比較的新しい、かといってさほど大きいものでもない館内だった。資料としての絵画や工芸品が豊富に展示されていたものの、展示品には複製品や模写も多かった。こういう場所では実物であるということ以上に、詳細な、わかりやすい資料があることのほうが大切なのだろう。それは韓国に限らず世界各地の博物館、もちろん日本であっても、博物館の役割によって共通することだった。韓国に続く芸能や文化の資料はほとんどが写真や年表、当時使われていた民具や服装、装飾品、また当時の暮らしを再現した土人形やジオラマらしきもので、一般的には美術作品と呼ばれるものでない展示物が多かった。

民俗博物館の一角に、この国の伝統的な、まつりごとの演劇に用いられる仮面が壁面に展示され、並んでいた。リアルな人面の造形がなされているわけでも、また豪華な装飾彫刻が施されているというわけでもなかった。それなのにこの仮面は人の顔で、なにかの感情を表しているということがはっきりとわかった。

展示室の壁面を眺めながら、当時、彼の展示の手伝いで並べた片手で持てるくらいの人の顔、あの立体物は、韓国の仮面をモチーフにしていたものだったんじゃないだろうかと気がついた。当時は床置きだったということもあるし、手で持った手触りや存在感を持った塊と、壁に展示されてガラスの向こうのそれとの共通点に気づくのに時間がかかったけれど、おそらくまちがいない。

彼は自国の文化を象徴した仮面を床に並べたのだろうか。それによって、自分自身の力では抗《あらが》えない運命と、きわめて個人的な思想をどうすり合わせて表現しようとしたのか、今なら、当時よりは多少突っこんでたずねることができるだろうか。

あのときそうできなかったのは、たんに無知だったからだろう。自分が彼の加害者である、あるいは加害者の集団に属している知識だけを持ったまま、それ以上知ろうとするのが怖かったんじゃないだろうか。実際に彼が捕まったのは、デモなどの思想的な運動に拠《よ》ったものかもしれないし、犯罪に由来するものかもしれない。そんなことは本人にきいてみないとわからないのに、あるいはそれさえも、きいて本当のことを知ることができるかどうかわからないのに、当時の私が彼にとって敵である可能性を持ったまま、彼に痛かったか、怖かったか、とたずねてしまうことが恐ろしかったからかもしれない。自分が悪者の側に立ってしまっている、というこちら側の勝手な心配ごとのせいでもある。

知らないでいようとすることが、表面上は無実に思える弱さと無知と、わずかのやさしさで成り立っていたとしても、この先そんな気持ちを抱えたままであれば、私がいったいどうなってしまうのか、今ももちろん、これからもずっと恐ろしいままだ。

あのとき、私的な経験や記憶を持った個人同士での会話が、拷問というものの体験に関する告白で一気に、お互いの集団の持つ運命じみた問題として噴きあがってしまったように思えた。ただ、時間がたち、知らなかったいろいろなことがわかると、自分の記憶の細部は磨耗《まもう》し薄れていくいっぽうで、作品の部分的な手触りだとか、彼の上手な英語、ガイドの女性のうまい日本語、あらゆる場所で生きている人間の立つ場所といった断片的なものだけが、鮮やかになってはじけ飛んで、目の前に転がり出てくる。

自分の手の及ぶ範囲ではどうにもできない、どうやっても抗いようがない問題だったりとか、それにまつわる痛みを伴った文化や言葉だったりが、いきなり私の体の内部で膨《ふく》れあがってしまう。そのフラッシュバックめいたものは、あらゆるよその国に訪れたとき、ときどき脳や心の中に結晶を生んで外にこぼれるのだった。
私はすくなくとも個人として、このゴミにもビー玉にも見える、壊れやすいのか、何の役に立つのか、どうとも言えないものを拾い上げてポケットにしまう作業をし続けなくちゃならない。

結局、私はいまだに彼の名前も顔も思い出せていないし、彼の作品らしきものも見つけることができていない。ひょっとしたら彼は韓国ではないどこかほかの国の作家だったのかもしれない。仮面文化はほかのアジア各地にもたくさんある。今回の気づきも、そうしたまったくの勘ちがいである可能性もあった。こうしてたびたび、噴きあがるように結晶する欠片《かけら》を目の前に転がしながらも、私はまたいずれ彼と作品のことも忘れてしまうのかもしれない。

パク・ソルメ「**水泳する人**」斎藤真理子＝訳

박솔뫼 / 수영하는 사람

冬眠を終えたホ・ウンと一緒に釜山《プサン》に行った。来月から釜山で働くことになったので部屋を探さなきゃと言ったら、一緒に行こうと彼女が言いだしたので。ウンにその話をしたのは釜山で働く決心をした後だったが、本当に釜山に行くことになるのか？　そこで暮らすことになるのか？　と、口で言うのとは違って心はまだためらっていた。これでいいのか？　こんなふうに決定してもいいのか？　それはよくわからないのだが、とにかく働くことにはしたのだから引越しもしなくてはならないし、それなら部屋を探さなくてはならない。こういう理由で釜山に行くのは初めてのことで、ほとんどは旅行か映画祭のためだったし、仕事で行ったこともあったけど、そのときは会社が用意した宿があった。ともあれ部屋探しの問題が大きすぎるせいか、やたらとよけいなことばかり考えるようになった。あのあたりにおいしい食べもの屋さんや良い市場があったっけとか、釜山駅までどうやって行ったっけとか、コーヒーはどこで飲めば、みたいなことばっかり考えては、だめだだめだ部屋を探さなくちゃとまた振り出しに戻る。

冬眠を終えると、ホ・ウンはただちに歯科医院に戻った。冬眠を終えた次の次の日から、職場である歯科医院に出勤しだしたのだ。冬眠は現代人が取りうる最大限の休息に近いものという感じがするけれど、別の見方をすれば長い海外旅行みたいにも思える。何ていうか、西ヨーロッパ一周三週間とか、サンチャゴ・デ・コンポステラ巡礼体験とか、ボストンマラソン参加、南米旅行、みたいな。時差というものもあるのに、きのう空港に着いて今日すぐに出勤したんですか？　と言いたくなるような。冬眠の最後の日、ホ・ウンは機械のように、決められた時間に起きた。

——起きた。

——だいじょぶ？

——だいじょぶ。

——何だかすごく長く眠ってたみたいだけど、何だか、十五時間ぐらい寝て起きたみたいな感じだね。

ウンは、夢を見てたみたいでもあるし、何か思い出せそうな気もするしと何度かつぶやき、ぬるいお湯を何度にも分けて飲んだ。その後は決められた通りに、重湯《おもゆ》に近いおかゆを食べ、落ちた筋肉が早く戻るよう脚に補助器具をつけて起き上がり、部屋の中を歩いた。決められたいくつかの検査を受けた後、服を着替えて出かけた。その間に年が変わって新年になり、旧正月が近づいていた。私たちは冬眠のためにわざわざ借りた温陽《オニャン》の古いホテルの周辺を歩いた。人間はどこかへ移送されると、移送されてきた人であることにすぐさま順応してしまうものらしい。ホ・ウンは一日じゅうだるそうな表情でゆっくり歩いていたが、ソウルに到着するや否や、もうここに帰って来ちゃったから、来ちゃった人というものになりました、という顔をしてやるべきことを手早くかたづけはじめた。だから、一晩寝てすぐ出勤することもちゃんとできたのだ。私は残ったものについて考えた。私たちが知っている、残されたものたちは、いつ私たちを訪ねて来るだろう？　でも、それを見たり、それを見ようと心を決めて椅子に座っていたりすればだいじょうぶだろう。椅子に座って見るべきものを見ていれば。逃げずにいれば。逃げちゃいけない。

釜山に行くことは心配だったが、一方では、すべて何とかなるだろうとも思えた。どこに行ってても何となくぎこちない感じを振り払うことはできなさそうだし。プールに一年通っても、衆人環視の中で服を着替えたりシャワーを浴びることにはなじめなかったのだ。受付があり、所定のことをやって、何かを返却し、またチェックして、という決められた手続きというものがときどき、変に思える。やってもやっても難しく感じられることが、簡単にできるふりはしていたけれどたくさんあった。だけど人が見たら、何とかうまくやってるように見えるのだろうから、そんなふうに苦手意識を持つのはやめようと思った。やるべきことを終え、ドアを閉めて歩いていけば、歩くことに集中できるだろう。

ホ・ウンの冬眠を補助するガイドの仕事をしたのは一か月程度だった。ガイドとは、冬眠する人に付き添い、急激な変化が起きるのに備えて、当初の計画通りに冬眠が進行しているかどうか確認する仕事だ。最も推奨《すいしょう》されているのは病院での冬眠だが、いちばん安全だからといってその方法を選ぶ気にならないこともあるだろうな、それじゃ入院と何が違うんですかって。みんな、自分は冬眠がしたいのであって、病院にいたいわけではないと思うだろう。それでガイドを雇《やと》う人が現れ、そうなるとガイドの資格認定試験ができ、当然そのための予備校もできた。だが相変わらず、退職した看護師たちが多かった。私は資格を取った後、ほとんどの時間は会社に通っていたので、経験は豊富ではなかった。それでというより、私には冬眠は個人的な領域に属するものと思えたため、個人的な領域に責任を負わなくてはならない仕事はやりがいがあるのかもという気持ちと、荷が重くて嫌だという気持ちとがあり、その間で行ったり来たりして、そのときどきの事情で決めていた。お金が必要なときや、非正規で働いていて契約が延長されなかったときにはたくさん引き受けたけど、多くの場合、知り合いからの依頼以外は断ってきた。話を聞いてみると、多数のガイドたちが私と似た方法で仕事をしていた。全面的にこの仕事だけでやっていくということについてはみんな、何というか、ちょっとねという気持ちになるらしい。特別な事情や過去がなくても、多くの人はただ疲れて冬眠をするのだろうけれど、人の寝ているときの顔は変で、悲しい。その顔を長いこと見ていると、なぜだかこの人のすべてを見抜いてしまいそうな気持ちになる。私は、目の前の人を完全に理解してしまったと思うようなことをしょっちゅう経験するのは嫌だった。時間は奇妙な感覚で延びていき、時計やテレビやカレンダーを見て通常の感覚を保つ努力をしたけれど、八分が三十三分ぐらいに延びた感じ、三時間が四十五分ぐらいに思える感じをどう扱うべきかというようなことはまだ難しく、この問題は解決不能だということがわかった。ホ・ウンのときは……ウンのガイドをしているあいだ、決められたことは無理なくやってのけたけれど、なぜかウンの顔を見ることは避けがちだった。避ける理由はないのにと思いながらときどきウンの顔を見ていると、私たち、あまりにも遠くまで来てしまったなという感じ。どうにか年をとり、何かを引き受け、どうにもできないことをやると仮定し、やったと信じて、ときには何かが決定されることもあって、そうやって生きていくんだよね？　カジュアルすぎもしないが、といって特にフォーマルでもない適度にきちんとした身なりで出勤し、白衣を羽織《はお》ったウンの姿は、寝顔からはあまり想像がつかなかった。ウンは六歳から子役として活動していた。十歳のときに新人監督の映画にキャスティングされて主役を務めた。その映画で海外の映画祭の俳優賞も最年少で受賞した。私はその映画が好きだったし、ときどき思い出してその映画のタイトルを英語で検索してみると、Huh-Eun is now で始まる文章がいくつか見つかる。ホ・ウンはこの映画を最後にもう演技をしていない、という内容の文章を見ながら、こんな文章を見た人たちはウンの未来をどのように思い描いてるのだろうと思う。ホ・ウンは何も隠さず自分の仕事をしているのに、何だか、隠れている人、または永遠に消えてしまった人みたいに見えているらしいのだ。寝ているウンの顔、もう演技をしない元子役の顔は無防備でもしっかりしてもいなくて、ほんとのところ、私に理解できたと感じたのは単純で強力なものたちなのだと思った。寝ている人を見て、あなたは寝ている、あなたは寝ている、と思うときのような。

本当に消えたような気がするのはむしろその映画を撮った監督の方だが、デビュー作以後あと二本ぐらい映画を撮ってカナダに移住したと伝えられている。現在、彼の行方は家族以外は誰も知らないという。ときどきシネマテークで上映しているのを見れば、誰か著作権管理をする人はいるのだろうし、何年かに一度はこの監督の行方を尋ねる記事が出たりするのだが、行方がわかったようではなかった。だが、この人にしたって消えたわけじゃなくて、わずらわしい人探しの連絡などには応じず、元気に暮らしているのだろう。韓国映画界から消えたからってそれがおおごとだろうか？　それに、かつて撮影し、発表された映画があるのに、消えたなんて言えるのかと思う。ウンと一緒に先生の授業を聴いたとき、先生はウンの顔をしばらく見ていて、授業が終わった後で、ホ・ウンってあのホ・ウンか？　と言い、ウンは、そのホ・ウンですよと答えてすごく笑った。学期の終わりに用心深く、もしかしてあの監督の連絡先を知ってるかと聞いたこともあった。ウンは、知りませんよ、まさかと答えた。もしも私たちがカナダに旅行に行ったり、語学留学に行ったとしたら、コーヒーを飲んだりドーナツを食べたり、ときどきスシを食べに行ったりして、ここのオーナーが韓国人なんだってとか、または、友だちのお父さんが頑張ってカナダの公務員試験に合格したんだって、それは悪くないだろうね、ここで公務員として働くのはねえ、などと話すだろうけど、そんなときに顔を合わせたら、二十年経った顔はどんなに変わっているだろう。もしかしたら思ったほど変わってなくて、十分見分けがつくかもしれないが。

ホ・ウンの冬眠が終わったら私は沖縄に行くことに決めていたが、これからやることを考えてみて、自分のやることと自分自身とをちょっと切り離して見ることができた。おそらくガイドを定期的にやっている人には、そういうことについてそれなりの要領があるのだろう。ほかのすべての仕事と同じようにだ。資格証をもらうためには決められた時間の実習をこなさなければならないが、そのとき会ったガイドの人は、タイムスケジュールを分単位に分けておくと言っていた。冬眠者の状態をチェックするためではなく、チェックのあいまあいまに自分をいたわるためだ。でなければ編み物をすると言っていた。私もはじめは編み物を試してみたが、何しろ人には得手不得手というものがあるわけなので、編み物はすぐにやめることになってしまった。そのとき一緒に実習をした友だちは舞台俳優だったが、その人は台本読みとスクワットを交互にやっていると言っていた。私はそのときどきで曖昧に、やることをやってはやめ、またやって、というふうだったが、あの演劇俳優の友だちの、ときには鳴りわたるくらい声が大きかったことを思い出す。暗い夜、明るい朝、静かな室内でスクワットをやる人。

安いビジネスホテルを予約すると何度も言っていたのに、結局、誰の意思だったのか、どういう流れだったのかよくわからないが、私たちはホ・ウンの元夫のマンションに行くことになった。そこにホ・ウンの元夫が住んでいるわけではなく、彼が譲り受けた建物の一つだった。

——お金持ちだってことは知ってたけど、ほんとにお金持ちなんだね。

——でも離婚したし。

——もう、離婚したこと、話しちゃってもいいの?

——どんどん話しちゃっていいよ。

私たちがどんなところに泊まることになるのか正確にわかったのは釜山に行く二日前だったが、釜山駅から歩いて行けるメゾネットタイプのマンションだという説明を聞いて、いっそ私に貸してよと言おうかと思ったが、いや、ものすごく高いのだろうし、高くなかったとしてもめんどくさいだろう、高くないわけがないんだしと思い、ほんとにもうそろそろ部屋探しをしないといけないと思い、部屋探しというたいへんな仕事についてまた考えた。ともあれ、離婚した友だちの元夫のマンションを旅行で使うことについて言いうるジョークを言い、列車のチケットを予約した。ホ・ウンは先に行っていると言うので、私たちは釜山駅で落ち合うことにした。駅で会った私たちは、それでもこれぐらいはしなくちゃねという気分で釜山名物のデジクッパを食べ、停めておいた車に乗ってマンションに向かった。海が見えた。釜山にはよく来るけど、海はいつも目新しかった。

――変な話かもしれないんだけどさ。

――何が？

――そのマンション、すごい広くてね。

——それが変な話なの？

ホ・ウンは、そんなに変な話じゃないけどと言いながら運転した。私はホ・ウンの猫のチャミのことを尋ねた。ホ・ウンは、近所に住んでいる友だちが通ってきて猫の世話をしてくれることになったと言う。ホ・ウンが冬眠をしている間、私はホ・ウンの猫と隣の部屋で暮らしていた。何か月かぶりに私に会ったら、チャミは私がわかるかな？　犬たち猫たち、それかごく幼い子どもたちは、何か月かぶりに会う人を覚えているものだろうかと思ったが、いや、覚えてなくてもまた仲良くなればいいんだよね。左手に旅客ターミナルの看板が見えた。道を歩いている人はなく、大きな建物だけが立ち並ぶ場所だった。

トランクを持って、けっこう大きく見える建物に入っていった。ウンは慣れた手つきで番号キーを押し、エレベーターに乗った。マンションは思った通り広かったが、ウンは、自分は上にするから下のフロアを自由に使ってねと言う。トランクを横にして、すぐに使うルームウェアと化粧品を取り出し、ソファに寝た。ここ天井が広い、と言ってみたが、ウンは上階にいるから返事はない。私はまた、本当に私、あと何日かしたら不動産屋を回って、そこそこよさそうなら契約をして釜山で暮らすことになるのかと思うと何となく他人ごとみたいで、ちょっと過剰に広い感じがするこの家は、あるべきものは全部あるけど、人が住んでる感じがほとんどしないなと思い、いつの間にか降りてきたホ・ウンは新しく買ってきたのか、コーヒーポットを箱から出して洗い、お湯を沸《わ》かした。

――左にも部屋が一つあるんだけどね？

ホ・ウンは私の後ろの方を指差し、足でスリッパを蹴ってよこした。ホ・ウンがよこしたスリッパをはいてドアを開け、入っていくと、この家の構造はどうなってるんだろ？という疑問を抱かせる、幅が狭くて細長い形の部屋が見えた。その部屋には簡易デスクのついた椅子が五列ほど並べてあった。いったい何の用途で？　両手にコーヒーを持ったウンは、私の椅子についたデスクの上にコーヒーを置いた。コーヒーを飲みながらも、なぜか眠くなる部屋だと思い、釜山までの移動で疲れたのか、こっくりしたり起きたりをくりかえし、これじゃだめだなと思ってやっと立ち上がった。

——どうしても何か、やらなきゃいけないってわけでもないよね？

——何を？

——どこか、行こうと思ってたとこ、ある？

——刺身《さしみ》ぐらいは食べようか？

私は笑いながらソファの上のクッションに頭を埋めた。ちょっとだけ寝るね。ホ・ウンはここにはだいたいのものがあるよと言って、毛布を出してきてくれた。ボリュームを下げたテレビの小さい音が聞こえ、あれは料理番組なのかなとふっと思い、顔の上に窓から入ってくる日差しを感じた。まだ春だけど、夏は来るだろう。子どもたちが春の遠足に行くようなお天気だと思い、まな板を叩いている包丁の音を聞いてるうちに夢になり、一人の男が私に向かって言う、あなたが座っているのは金海《キメ》発羽田行きＡＮＡの機内です。あなたが眠かったのはあなたがＡＮＡの機内にいたためです。

——私は飛行機に乗ったら絶対、ずーっと本を読むんですけど？

——百回乗ってみたら考えが変わるんじゃないですか？　空気が稀薄だからみんな眠くな

りますよ。

私は金海発羽田行きとして綿密に構成された空気、温度、湿度の中で、DUTY FREEという文字が金色に箔押《はくお》しされたパンフレットを見た。欲しい香水の説明を五回ぐらいくり返して読んだ。ベルガモットとシトラスが加味《かみ》されたこの香りは、進取の気象に富む都会の女性のための……ボトルはその人との会話からインスピレーションを受けてデザインされたもので……隣の席の人はローワン・アトキンソンの『ミスター・ビーン』シリーズを見ており、『ミスター・ビーン』シリーズって何だか、前世みたいだ。私は銀行に勤める会社員で、銀行の仕事が終わると浴槽《よくそう》に体を浸し、出てきたらゆずの香りがするボディーローションを塗っています。緊張をやわらげたいときは、『ミスター・ビーン』シリーズを見るんですよ。ところで今年が何年かと言いますとね。うちの銀行が創業三十七周年になる年ですから……私たちは徹底した研究によって一定の空間を作り出すことができます。微妙な条件を調整して作り出した金海発羽田行きＡＮＡの機内においで下さいましたことを歓迎します。仁川《インチョン》発成田行きアシアナ便の機内とここの違いは……違いは！違いは？　違いは何でしょう?·?·?·?·?　男は優しく笑いながらもったいぶってみせた。

さて何でしょうね？　何なんです？　と私は尋ね、男は相変わらず笑いを浮かべた顔で黙っていた。

――まだ夕ご飯の時間でもないのに。もっと寝てていいよ。

テレビの中では料理が完成し、出演者たちが試食をしている。金海発羽田行きを検索してみたが、金海空港発羽田行きのＡＮＡ便はない。成田行きだけがある。だけど、あるといわれればありそうで、ないわけがなさそうな気もする。金海発羽田行きなんて存在しないとはいえない、不定期に現れる現実、みたいな。去年三月には実在していて、今年十一月に二週間だけ存在する空間、みたいな。

――刺身、やめようか？

――出かけるのめんどくさい？

ホ・ウンは答えずに笑うだけだ。私は、ううん食べようよ、やめておく？　と言い、私が寝ていた場所にもたれていたホ・ウンを見て立ち上がった。またお湯を沸かしてコーヒーを淹れ、分けて飲み、私たちは服を着替えて出かけた。

チャガルチ市場は混雑していそうだから、もっと小規模な刺身屋街に行った。前にここに来たことがあったなというカンに頼ってエレベーターに乗り、四三号、三八号、四五号の間をかき分けて、似たりよったりの店名の中から、何年か前に会ったおばさんおじさんの顔を思い出そうとして頑張り、あの人みたいだけどなあ、だと思うけどなあと思っていると目が合った店主が手招きをして呼ぶので座った。考えてみると冬も過ぎたのに刺身を食べるのはちょっと何だなあとも思ったが、すぐに出てきたにんじんとピーナツを食べ、今いちばん旬のを下さいと注文し、続けて出てきた小さいつまみのことはあまり気にとめず、刺身が出てくると二人は黙って静かに刺身を食べ、ちり鍋を食べ、おいしいという言葉だけを静かに発し、しばらく食べてビールとサイダーを飲んだ。

——あっというまに食べちゃったね。ほんとに、何も言わないでさ。

——だね。腹ごなしに歩こうよ。

ウンが食事代を払い、私は明日は私がおごるからねと言い、ドアの前でごちそうさまでしたーと頭を下げると、ウンがよしよしと大人っぽく挨拶を受けた。私はまたも一昨年だか、三年前だかに来たことがあるようなカンに頼って、南浦洞《ナンポドン》の路地のどこかにあった古いカフェを探し当てた。髪をきっちり刈《か》ったやせた男は相変わらず生意気そうな表情でコーヒーを淹れていた。ホットのブレンドコーヒーとミルクティーを頼み、私たちはまるで、このくらい時間が経つとやっと実感が湧くねというように、わあー、私たち釜山に来たねー、突然来ちゃったねー、刺身も食べたし、釜山に来たんだねえと笑いながら言い合う。

——あんた、沖縄にも行くんだってね。

——行くよ。

——いつ?

——まだ決めてないけど、ちょっと落ち着いたらね。行くのはほんとに行くよ。

初めて沖縄に行ったのは十年以上前のことだが、そのときは直行便が稀だったので、福岡で乗り換えて行った。空港に降りるや否や、ぐっと迫ってくる重い空気が感じられ、なぜか笑いがこみ上げてきた。本当に重くて温度の高い空気だったから。重くて熱い空気という、本の説明で知っていたことを、お湯の中にちょっと手を入れてみて熱《あつ》っと声が出てしまうような具合に実感したのだ。金海発羽田行きANA便を出せるなら、那覇空港のブルーシール・アイスクリームの店も作れますか？　そうですねえ、ああいう、外部条件に左右される物件では難しいのではないかと思いますね。台風に巻き込まれたり、長雨が続いたり、焼けつく太陽に照らされたりするのではね。私たちが研究しているのは計量化され、組織化された室内なのです。ところで那覇空港にブルーシール・アイスクリームの店がありますか？　ないわけがないと思える場所は本当に実在するものなのでしょうか？私は夢で見た、よくコントロールされた男の笑顔を思い浮かべてみた。困難はない、困難はあったがちゃんと乗り越えたのだ、これから困難が迫ってきても自分はそれを手のひらに載せて自力でうまく処理していける、という自信が見える顔が嫌ではなかったが、やたらとからかってみたくなる顔だった。

店主は小さな鍋にミルクティーを沸かしており、先にできたコーヒーを私に出してくれた。ホ・ウンが明日、用事があるんだけど一緒に行かないかと私に尋ねた。

——誰に会いに行くの？

ウンが会う人は先生だった。そういえば先生が釜山に住んでると言っていたっけ。すごく前のことでもないが、しばらく忘れていた名前なので、懐かしくもあるがよそよそしい感じもする。先生は大学生のときに出会って二十年以上一緒に暮らした奥さんと離婚して弟子と再婚し、釜山で暮らしているという。先生は、学位を取るときに生計に責任を持ってくれた前夫人との間には子どもがなかったが、今の夫人との間には、結婚してからできた子どもがいる。ウンは、先生と具体的に会う約束をしたわけではなく、近所のカフェでコーヒーを飲むんだけど、時間があれば会いましょうということだそうだ。先生の奥さんはまだ二十代だそうだが、先生たちというものは本当にときどき、若い女性と子どもを作ることがある。そんなことを考えてみるにつけても、私も子どもを産みたいだろうか？産みたかっただろうか？　それよりも私の欲望は、自分たちがいて女の人たちもいて、そこにどういう論理と関係があるのかはわからなくても、若くて元気な女が私の子どもを産んでくれることを望むのだろうか？　彼女らが子どもを産んだら？　その子を私の子と言うことができるだろうか。または若くておとなしい男が子どもを産んでくれることを望むだろうか。ウンは、子どもを流産して離婚し、冬眠した。それぞれのことがらには関連があることもあるだろうし、ないこともあるだろう。ウンはがんがん働くワーカホリックで、開業したときから長く一緒に働いてきた職員が一身上の都合でやめてしまったうえ、隣人と些細《ささい》なことでもめて一年ぐらい裁判で争っており、それが解決したあとで冬眠をした。これらのことたちもそれぞれに関連があったりなかったりするだろう。ウンは子どもが欲しいと言っていた。もしかして、もう少し時間が経ったら女の身体を通した妊娠というものは徐々に消えていくんじゃないか？　と、冬眠をする前にウンはそんな話をしていた。冬眠が可能になったように、妊娠というものも、身体を通さずにできるようになることがありうるよね。妊娠を経験した身体が旧型身体に分類されるってこともありそうだし。だけど私はそれを経験してみたいと思うの。受け入れられるものは受け入れてみたいの。私たちはしかし、世の中のいろんなことが可能になった後でも妊娠は女性の身体を使って進行するのだろうということも話した。ウンは、何であれ望んだことはいったん経験してみるという選択をする人なのだ。それなら私は？　ああ、そんなことがあったね、ぐらいに思うだけの人間、だろうか？

ウンはミルクティーが美味しいと言って二杯飲み、私もそのスピードに合わせてコーヒーをもう一杯飲み、二人ともカフェイン・ハイな状態で、世の中じゅうの仕事を全部やってのけられそうな感じで南浦洞《ナンポドン》から中央洞《チョンアンドン》へ、釜山駅へと歩き、むこうに海があるんだね、と冷たくしょっぱい風を浴びながら歩いた。あたたかい陽気だったが風は強く、だけどこれは寒いというのとは違うみたいだと思う。十分に寝たわけでもないのに、コーヒーをたくさん飲んだせいで目はばっちり開いていて、なぜだか眠れそうになかった。私たちは寒風を服にまといつかせて帰ってきた。

——あの部屋、何であんなに椅子《いす》がたくさんなの？

——ここ、もともと弟の家なんだって。

——じゃ、弟さんはどこに？

——近くに住んでて、ここはときどき使うらしい。

——ほんと金持ちなんだね。一つちょうだいって言ってみて。

こういう冗談は冗談でしかないのに、なぜ、口の外へ出してみるといい気分になるのだろう？　完全に冗談だとわかっていても、ほんのちょっと、三秒ぐらい、誰かが私にこのマンションをあげると言ってくれるところを脳のどこかが仮定するのだろう。言葉は、恐ろしく、言葉は、楽しい。脳は、すばらしく、私は脳が、ほんとに好きだ。私たちは先生に会うことにした町の近くにジャージャー麺の美味しい中国料理店があることを検索し、ジャージャー麺の他に何、頼もうか？　と相談し、目はあいかわらずばっちり開いていて、先生は釜山でも学生を教えてるらしくて、先生の講義を私はちょこっと思い出した。先生はあのとき、我々が学ぶことを望み、何ごとかを知ろうと望むならば、そのためにはもしかすると一方の腕を差し出すことになるかもしれないのだと言っていた。学ぶことの本質とは実に、そういうことなのかもしれないのですと。私はその話を正真正銘の事実として受け取ったらしくもあって、すごく良い本を読むたびに私はその言葉を思い出した。だけど、一方の腕のない人にはせせら笑われるような話かもしれない。生きている人なら公平に使える「命をかけるべき」という表現の方がましだろうか。でも、もう死んだ人たちなら？　もしかしたらその人にもかける命はあるのかもしれないと思った。

テレビをつけて私たちはアメリカの特殊捜査隊シリーズを見、あんなような永遠に続きそうな世界がいいなあと思いながら並んで座り、集中して犯人を追っていくとおなかがすいてきて、こういうところに来てるんだもんねという気持ちに何となくなって、チキンのデリバリーを頼んだ。夕ご飯なんかいつ食べたっけという勢いでピリ辛フライドチキンとつけあわせの大根のピクルスを食べまくったので、遅くなりすぎないうちに眠れそうな気がした。シャワーを浴び、家から持ってきたバスソルトを入れて体をあたため、すると、ここはホリデイイン・クリーブランド・オハイオで、あなたはクリーブランド空港に行くためにちょっとここに泊まっているんです。夕食にはウェンディーズでサラダとフレンチフライとバニラフロスティを食べて帰ってきて、シャワーも使わずにベッドでちょっと眠り、起きて浴槽に体を沈めているのです。バスソルトはヒノキだったがなぜかHinokiと読まなくてはならないようだった。明日は午前中に起きさえすればいいのだ、集中して部屋探しをしなくちゃと思ったが、たった一日でお休み気分に浸ってしまった気がする。実際に体を移動させたらすべてが変わるのかもしれなくて、そうだったら何日か後には不動産屋の前に自分を引っ張っていかなくてはならない。

特別に床の工事をしたというマンションは思ったよりあたたかく、髪を乾かしながら、ホ・ウンの金持ちの元夫、金持ちの元義弟、金持ちのホ・ウンの元舅《しゅうと》、やはり金持ちなホ・ウンの元舅の父、のことを考えた。この家の持ち主である弟はほんとになんにもしていないそうだ。アメリカで美術史を専攻し、釜山で散歩をしているという。散歩は何のためにするんだって？　ときどき映像を撮るのよ、潜水艦とか遊覧船とか決められた室内を撮ってて、たまに映画祭で上映されることもあるみたい。まるで十何世紀だかのヨーロッパの画家の話を聞くみたいにうん、うんと私はそれを聞き、ほんとに他人ごとなんだけど、関係から言ったらそんなに遠くの話でもないだろうに、ものすごく遠くの話みたいに聞こえるからおかしい。私も、何回も会ってないんだ。顔ももうよく思い出せないよとウンが言う。

——それで椅子が多いのかな？

——ともかく、弟が持ってきたものらしいよ。

——変。

——私だってよくわかんない。

顔と体に塗るものを塗った私たちはまたアメリカ特殊捜査隊の物語に見入り、ホ・ウンはいつのまにか上のフロアに上って眠っており、私は二時を過ぎたのを見てテレビを消した。

無駄に早起きした二人は、ざっとシャワーを浴びて出てきて、マックのモーニングセットを食べた。ホットケーキと濃いコーヒーが私たちの前に置かれた。バターを塗ってメープルシロップをかけて甘くしたホットケーキを食べ、コーヒーを飲み、完全に眠気が覚めた。昼ごはんにはまだまだ時間があるよね、と私たちはゆっくり、通りという通りを全部歩き尽くすようにして宝水洞《ポスドン》へ向かって歩いた。市場を通り過ぎ、いろんな景色を見物しているうと十一時を回り、中国料理店に行ってジャージャー麺と酢豚と餃子を注文して食べた。

——先生に会ったら緊張するかな？

——会えないかもしれないんだから、気にしないで。

——でも、会いたいって気もする。

ウンは、だよね、私も何となく会ってみたくなって連絡したんだと言いながら酢豚を食べた。隣の席の男性は、週末なのに会社で仕事をなさったのだか、スーツにセンスのいい革靴をはいて、ジャージャー麵とちゃんぽんを注文し、目の前に器を二つ置いて、ゆっくり一口ずつ食べていた。こぼさないように姿勢をよくしてジャージャー麵とちゃんぽんをきれいに片づけていく姿を、私たちはじっと見た。十五分ぐらいで二つともきれいに平らげたようだった。それはまるですばらしい演技みたいに立派に見えた。私たちは目配《めくば》せで、すごくかっこいいと言い合いながら、残りの料理はあの人みたいに優雅に、残さず、食べなくちゃと心に決めたが、おなかがいっぱいになっていたので焼き餃子は何個か残した。

宝水洞で古本をちょっと見てから、待ち合わせ場所になるかもしれないカフェに行ってコーヒーを頼んだ。先生はちょっと前にここで市民対象の講義をしたらしく、関連の案内文がカフェの中に貼ってあった。

――君ら、今もべったりなんだな。
――いつもじゃないですよ。

先生は全然変わっていないと思ったが、先生も私たちを見るなり、君らあのころのまんまだなあ、どうしてだいと言い、私たち三人はほとんど同時に、先生も・君らも・いえいえいえ・すごい・こんなに・変わらないなんてと言った。先生と、子どもたち。この人に二歳だか三歳だかの男の子がいるということが何となくわかるようにも思った。明るい日差しがまだ窓ごしに入ってきており、先生は着てきたジャケットを脱いで椅子に置いた。私たちはいちばん最後に映画館で見た映画について話し、それぞれの業界の話をし、私は釜山で働くことになるかもしれないんですよと言った。無難な、良い会話だった。私たち三人はお互いを好んでいるし、先生からは多くのことを学んだけれど、何だかもう会う必要がない人みたいに私は感じる。なぜそんなふうに思ったのか考えていくと集中しづらくなってきたのでコーヒーをもう一杯頼んだ。別にそれほど悪いことを考えてるわけじゃないし、ばれてもいいやと思った。今考えていることの中に、ばれるはずがない、ばれたくない、隠したいと思うことなんて実は、ない。こういうやり方で自分に集中し、自分に没頭するということも、何というか、ある一時期のことみたいな気がする。先生は仕事があるのですぐ出なくてはならないと言って出ていき、食事をごちそうできなくてすまないと言い、長くいるようなら連絡しなさいとおっしゃった。

——私たち、何食べようか？

——歩きながらどっか見つけて入ろうよ。

——めんどくさかったら、トッポッキか何か買って食べよう。

毎日毎日顔を合わせながらも私たちは、何を食べるかが正確に時計で決められているみたいに、食べるものについて、これから食べるものについて考えるようになっている。これから何回、一緒に食べることになるのだろう？　タコ炒めとイワシの包みごはんを一緒に食べようと一人で決めた。それ以外のことは、流れで決めればいい。タコ炒めとイワシの包みごはんは食べなくてもいい。それも流れで決めよう。今という午後の時間が、顔の上を通過していく日差しが、成分構成や重さが数字で決められて測定できるものであるかのように私の前に降り注いでいるようで、時間は流れていくものでなく、決められた場所に私とウンがおり、私たちは年を取りも死にもしないようにその瞬間には思える。先生が服を忘れたと言って急にまた私たちに近づいてきて、それが合図のように私とウンは立ち上がり、薄い膜のように私たちを包んでいた午後の日差しを通過して出ていく。ドアを開けてまたそのドアを閉め、通りに出ると、私は永遠に歩いていけそうな気持ちになり、手を振って私たちは目の前に広がった道を歩き出した。永遠に歩いていったら動物になりそうだ。動物になるならチーターになるのだ、そうやって建物の間を夜な夜なうろうろするんだと思いながら歩いた。取り返しのつかないことはない、取り返しのつかないことはない、取り返しのつかないことはないと心の中でそんな歌を作って歌っていると、隣でウンが私の顔を見ながら、あんたまた変なこと考えてるでしょ顔見れば全部わかるんだからと言って笑う。どうしてわかったの？　私、全然声に出さなかったのに？

朝早く起きた私たちは部屋に戻って昼寝をした。相変わらずお天気は春の遠足風で、歩いていると桜の木も一、二本見た。まだ咲いていない花も見え、帰り道では多大浦《タデポ》海水浴場にも地下鉄の駅ができたことを思い出した。夕食を食べたら夜の海を見に行こうか、明日見に行こうかと、毛布をかぶったままで考える、夜か、明日か、いつでもいいから見に行こうか。うん好きにしなよと上の方から返事が聞こえ、眠って夢を見たらまた、どこどこだ、おまえはどこどこにいるのだと誰かが言ってくれるだろうかと若干期待しながら眠りについた。私は行けるなら返還前の香港に行ってみたいと思いながら眠り、横でその人が、そんなに広い場所は作れやしない、返還前の香港のどこのことを言ってるんだと言い、私はどこか街中ならそんなところがあるはず、都心が見えるあまり高くなくて汚くないホテルですよと、そう決めて眠りにつく。起きたらまた中国料理を食べなくちゃ。私はこれらのすべてが楽しみだ。

수영하는 사람 by 박솔뫼
Copyright © 박솔뫼, 2019

星野智幸「**モミチョアヨ**」

「デッチェ ウェ イジェワソ クロン ソリ ハヌン ゴヤ？ タクンナン イェギラゴ ミョッポヌル マレヤ アルゲッソ？ んはっ？」

ソウルで暮らすため、つれあいとロッテマートで生活必需品を購入しているとき、近くから女性の怒鳴り声が響いてきた。

やっべえ、本物だ、と星野炎はつぶやいて、つれあいである友浦ののの顔を見た。友浦ののも目を丸くしている。

「何て言ってるの」と韓国語のわかる友浦ののに小声で聞くと、「たぶん、何でそんなこと今さら蒸し返すの！　もうその話は決着ついたって何度言った？　って感じかな」と言う。

怒鳴り声はさらに何かを畳み掛けるが、相手の声は聞こえてこない。

「俺、ちょっと見てくる」と友浦ののに言うと、星野炎は声のほうに急いだ。

韓流ドラマには、怒鳴っているシーンがしょっちゅう出てくる。絶叫するというより、まるで歌謡曲のサビを歌い上げるかのように、通る声を朗々《ろうろう》と響かせて怒鳴る。たいていはクレシェンドで普通の声から次第にトーンを上げる。怒鳴り声がスタイリッシュで存在感がないと、韓国では俳優になれないのかもしれない。

その本物に、今出くわしているわけである。星野炎はときめいた。

隣の洗剤売り場に、そのカップルはいた。カートを押している若い女が、夫だか恋人であろう若い男に、怒声を浴びせ続けている。男はうなだれて言葉を返せない。女は今にも男をはたき倒さんばかりの剣幕《けんまく》で、最後に何か捨てゼリフを投げつけると、カートと男を残してすたすたと歩き去ってしまった。

星野炎は戻ると、「男、置き去りにされたよ」と友浦ののに興奮気味に報告した。「売り場中に響き渡ってたよね」と友浦ののも驚く。

けれど二人とも、ひと月も暮らすと、あたりで女性の怒鳴り声が響いても無意識でいられるほど、慣れきっていた。何しろ、路上だろうが駅構内だろうが電車内だろうが飲食店内だろうが、スマホの呼び出し音並みに、あちこちから女が男を叱りつける声は響いてくるのだ。

星野炎は日本語翻訳を生業《なりわい》としているイムミヨンに、「何か、韓国の男って、街じゅうのあちこちで女に怒られてしょげてるんだけど」と感想を述べた。

「あー、そうかもねー」とイムミョンも、言われなければありふれすぎていて気づかない、といった感じで答えた。

「まあ、十年前まではあたりかまわず、そのへんの街角とかで、男が女を殴ってたからね」

「女を殴る！」

「そうだよ。しかも拳で。女殴っても誰にも咎《とが》められなかったし」

「すごい変化だね……」

イムミヨンは以前、「日本では十年ひと昔って言うけど、韓国ではひと昔は五年とか三年前だから」と教えてくれた。二〇〇〇年代前半、いつでもひどい渋滞で排気ガスと騒音に満ち、舗道には電気部品の細々とした専門店がぎっしりと並んで歩くのもままならない、高速道路の高架下を走るソウルの狭い幹線道路が、五年後に訪ねてみたら跡形もなく、冗談のように明るく爽やかな清流に変わっていて、星野炎がひどく衝撃を受けた時、イムミヨンはそう説明してくれたのだ。ショックすぎて星野炎はあのごちゃごちゃした街並みを求めて、清渓川《チョンゲチョン》の周辺をうろついたものだった。ところどころ、開発途中の現場に街のかけらが残っていたが、それはガムテープを剝《は》がすみたいにして巨人が街区ごと街を引っぺがした時に剝がれ残ったガムテープのカスのようだった。少しずつ建物がビルに建て替わっていく、などという生やさしい変化ではなかった。

その五年ひと昔、三年ひと昔の時間の中で、女を殴っていた男たちが女に面罵《めんば》されるように変わったのだ。

「ミヨニも外で普通に怒ってる?」

「私はしないね」

イムミヨンはそう断言したけれど、あとで四人で食事をした日に夫のキムジンウに尋ねたら、「結婚当初はよく叱られた。ああいうときは言い返さないのが賢いんだよ。さもないと火に油注ぐだけだから」と答えた。イムミヨンは最初は笑いながら、日本語を解さないキムジンウの言葉を訳したけれど、それから「賢い? バカには黙ってればいいってこと? そういう考えだったの?」とトーンの上がる予兆に満ちた声で静かに言い、星野炎と友浦ののは慌てて取りなした。

ちなみに、この小説の「星野炎」は一人称である。星野炎はヘテロの男だけれど、日本語だと自分にふさわしい一人称はない。「私」では公式でよそ行きで気取っていて本心を取り繕《つくろ》っているかのような印象があるし、そもそもプライベートで「私」を一人称として使っていない。「ぼく」はカマトトぶって責任逃れしているみたい。最も厄介なのが「俺」で、今の星野炎がプライベートの話し言葉で使う一人称は確かに「俺」だが、「俺」という言葉にはいかにも本音でざっくばらんに話しているという含みがあり、そうすれば過ちは大目に見てもらえるかのような、母の庇護《ひご》のもとで許される俺様中心の匂いプンプンだ。「おいら」「わし」「アチキ」「余」「我」「自分」「コギト」どれも色がつきすぎ。「朕《ちん》」は無理だし。

　仕方がないので、固有名を使うことにした。下の名前を自称すると、幼い女の子みたいだから、フルネームで「星野炎」。違和感のある人は、「星野炎」の部分に「俺」でも「ぼく」でも「私」でも好きな言葉を当てて読んでください。

　東日本大震災の翌年、家電メーカーに勤める友浦ののがソウル支社に転勤になって、ルポライターの星野炎も三か月限定でついていくことにしたのだった。イムミヨンは友浦ののの部署で、翻訳と通訳を担っていた。二人はもう二十年近く、仕事仲間であり親友である。

　友浦ののと違ってまったく言葉のできない星野炎は、まずハングンマル《韓国語》のハグォン《学院》に入った。クラスは九人で、うち日本からの生徒が六人。韓国語を学びに来ているチェイル在日《チェイル》ドンポ同胞《ドンポ》の人もいた。ビクトリアという名のコロンビアの若い女性もいた。星野炎はペルーに住んでいたことがあってスペイン語が少しわかるし、ラテンアメリカ人に親しみを持っているので、話しかけた。ビクトリアは韓国で日本の人からスペイン語で話しかけられて、ギョッとしていた。

ビクトリアは韓流ファンであり、つい最近、ハングクサラムのナムジャチング韓国人彼氏《ハングクサラムのナムジャチング》ができたことを、自慢でたまらないという口調で教えてくれた。

「超かっこよすぎて、地上の存在じゃないみたい」と言った。コロンビアでも韓流スターは人気なのかと聞いたら、この世の摂理《せつり》をまだ知らない人間に向けるような目で星野炎を見て、「そのおかげでうちらは生きていける」と言った。

授業は午後一時で終わるので、たまに友浦ののとイムミヨンとランチをした。星野炎が最初に覚えた韓国語の素敵なフレーズ、「セゲエソチェイルマシンヌンコッピルルマシゴシッポヨ（世界で一番美味しいコーヒーを飲みたいです）」は、ランチの後のカフェで、こう注文しなさいとイムミヨンに教えてもらったものだ。

「授業はどう」とイムミヨンに聞かれ、星野炎はビクトリアの話を語った。イムミヨンは

「ふん」と鼻で笑うと、「そのうちわかる」と言った。

「まあひと月か、三か月か、ましな男でも一年もすれば、メッキが剝げるでしょう。世界中が韓国男の魔法にかかってるけど、そのあふれるサービス精神も、ありえないサプライズをたくさんしてくれる関心も、細やかな気遣いも、期間限定なんだよね。韓国男が本当に関心を持ってるのは、自分自身だけだから」

星野炎がその言葉をいやがおうでも実感することになるのは、サッカーを始めてからだった。

午後は暇なので、星野炎はハグォンのある街ホンデ《弘大》をうろついていた。すると、真っ赤なベストとキャップを着けた、小柄で禿《は》げたアジョシ《おっちゃん》が路上で、「THE BIG ISSUE」とタイトルのついた雑誌を売っている。

ビッグイシューだ！　と星野炎は顔なじみに出くわしたかのような懐かしさを覚えた。ホームレス状態の人が売って生計の足しにする雑誌「ビッグイシュー」は日本でも売っていて、星野炎はたまに買っていた。価格の約半分が、売っている人の収入になる。韓国でも売ってるのか！

アンニョンハセヨーと星野炎は挨拶して、「ハナチュセヨ（一冊ください）」と言い、最新号を買った。「ビッグイシュー」のことをアジョシは「ビギシュ」と発音した。表紙はサッカー選手のイドングクで、星野炎は「イドングク、チョアヨ（イドングク、いいよね）」と言い、さらに知っているサッカー選手の名をパクチソン、パクチュヨン、チャドゥリと並べた。すると、アジョシが足でボールを蹴る真似をして、「ホムリスチュックあんねんで」と言ってきた。あんねんで？　それじゃあエセ関西弁だろうと思ったが、星野炎にはそう聞こえた。アジョシはしきりに「ホムリスチュックー」と言いつのる。

「あ、わかった、ホームレスサッカー！　ホームレスサッカーあんねん？」と星野炎は声を上げた。

「ねー、ねー、ホムリスチュックあんねんで」とアジョシは言った。

「オンジェ、オディエヨ？（いつ、どこでです？）」と星野炎は片言の韓国語で尋ね、ノートとペンを差し出す。

アジョシは何か言いながら、ハングルを書いてくれた。星野炎は「アルゲッスムニダ（わかりました）」と繰り返し、「トーマンナヨ（また会いましょう）」と挨拶して去った。

書いてもらった場所と日時を友浦ののに読んでもらうと、今週の日曜日の朝九時からヨンドゥンポ《永登浦》公園で、ということだった。

五月半ばだというのに、梅雨明け後のような暑さだった。ソデムン《西大門》のアパートから、愛する浦和レッズのレプリカシャツを着て出かけた。

ヨンドゥンポ駅を降りたあと星野炎は方向を間違え、あたりを徘徊《はいかい》しまくる羽目《はめ》に陥った。そしてその付近が、ノスクチャ《野宿者》たちの寝場所だと気づいた。再開発の工事現場だらけの中、ところどころ余って使いようのない狭い空き地があり、物置のようなベニヤ板の掘っ立て小屋がぎっしり詰まっている。

それだけでなく、後で知ったことだが、巨大でピカピカな新品ショッピングモール群の谷間に、中洲《なかす》のように浮いている一画があり、一階部分に並んでいるガラス張りの屋台みたいな小店は、昼間はカーテンがかかって閉店しているが、夜になるとその中に露出度の高い女性が現れる娼店なのだった。

さんざん歩き回ってようやくヨンドゥンポ公園に着いてからも、フットサル場を見つけられず、さまよう合間に、路上生活者と思しきアジョシたちをちらほら見かけた。

フットサル場にはもう参加者たちが集まっていて、アップを始めていた。丸々太った中年のアジョシは大声でひっきりなしに冗談を言い、ちょっと悪そうな二十代前半ぐらいの若者は鋭いシュートを打ち込んでいる。足を引きずっている者もいるし、知的障害者と見られるアジョシも首を傾げながらゆるゆると走っている。

ホンデでビギシュを売っていたアジョシもいて、星野炎を見つけると手招きし、主催者らしき一人の若者に引き合わせた。星野炎は英語で自己紹介し、この練習に参加したい旨を告げた。若者も星野炎と同レベルの簡易な英語で、自分はこのホムリスチュックのコーチのチョジェジュンだ、ホムリスチュックのことは理解してるか、と聞いてきた。名前だけでなく容貌《ようぼう》まで、韓国代表フォワードのチョジェジンに似ている。星野炎はアニョー、と否定すると、これは世界で年一回開かれているホムリスウォルドウコップ《ホームレスワールドカップ》に韓国代表として出るための練習だ、参加しているのはみんな現役ホムリスか元ホムリスたちだ、日本にもチームがある、と教えてくれた。

普段からちょっとはフットサルをする身なので、練習では手加減しないとな、と星野炎は上から目線で思っていたが、甘かった。アップが終わると、筋トレを始め部活のようなトレーニングメニューが続き、ゲーム形式の練習に移る前に、星野炎の脚はぷるぷるになってしまった。韓国のノスクチャドゥル《野宿者たち》ときたら、何て体力なんだ！　体をぶつけてボールを取り合う練習など、ボールなんか忘れて、嬉々として激しい体当たり合戦に歓声を上げている。しかも、人工芝のベースは真っ黒のゴム製チップで、真夏並みの日差しに灼《や》かれて火傷をしそうなほど熱く、星野炎のトレーニングシューズの底が溶けて剝がれてしまった！　仕方なく紐《ひも》でぐるぐる巻きにしてサッカーを続ける。

　そしてチーム分けしてゲームになった時、星野炎はハングクナムジャ《韓国男性》の文化を知ったのだ。星野炎と同じチームになったコーチは、ドリブルで次々に相手をかわして強烈なシュートを決めると、シャツを脱いで上半身裸になった。おそらく毎回の練習で日に焼けたのだろう、鍛えられて引き締まったブロンズ色の見事な肉体が露わになった。すると、他の者たちも我も我もとシャツをかなぐり捨て、半数ぐらいが裸になってしまった。その大半はたぷたぷかがりがりのなまっちろい体だったけれど。

　もちろん、暑かったのもあると思う。だが、その後、練習に参加し続けたところ、暑かろうが涼しかろうが、快晴だろうが曇りだろうが、とにかくゲームになると男たちは裸になるのだった。

「とにかく裸マンになりたがるんだよ」と、星野炎は練習から帰った後、友浦ののに報告した。

　夕飯にフライドチキンを甘辛く炒めたキョドンチキンとトッポッキ、それにビールを飲みながら、テレビではサッカーの韓国代表の親善試合、対エクアドル戦。サッカーをテレビ観戦するときは、「チメック」といってチキンにビール《チキン&メクチュ》が定番なのだ。

「サッカーの好きな男は裸が好きなのかね。ゴール裏のサポーターとか」と、星野炎はゴール裏で裸になって拳を突き上げている男たちを見つつ、考察した。

「こないだ取引先のハングクヨジャ《韓国女性》から聞いたんだけど、ナイスバディって言葉、韓国では男に対して使うんだって。ハングゴ《韓国語》でモミチョアヨって言うんだけど」

「体が好き！」

「うーん、その訳はちょっと違うけど、モミチョアヨの男はそうかもね」

まさにそのタイミングで、実況のアナウンサーが、「おー、イグノ、モミチョアヨ（おー、イグノはナイスバディですね）」と言った。

星野炎と友浦ののは顔を見合わせた。実況のアナウンサーは、確かに言った。テレビ画面には、相手ディフェンダーを弾き飛ばしてシュートを打ち、外して「ちっ」という表情をしている韓国のフォワード、イグノ選手がアップになっている。肩や胸の筋肉の盛り上がりで、ぴっちりしたユニフォームははち切れんばかりだ。

「チンチャ、アジュチョアヨ（確かに、すごい体）」

解説者も同意したらしい。

「ほんとに言うんだ」星野炎は感動していた。

「ねー」と友浦ののは言った。「気づいてたかどうか、チキン買ってる時も、若造ナムジャ《男》ドウル《子ども》が私たちの前に待ってたでしょ」

「ああ、あの学生っぽい連中。みんなヘルメット形ヘアスタイルに黒縁メガネで、見分けつかなかった」

「しかも全員、すごい筋トレした体に、ぴったりのTシャツ着てて気持ち悪かった」

「モミチョアヨ軍団か」

「そういえば韓流スターもすぐ裸になるよね。ムキムキの全身が映る場面、やたら多くない？」

「ねー、ちんちゃ（うん、ほんとに）。ソビスシン、まにーいっそよ（サービスシーンがたくさんあるよな）」と星野炎は答えた。「兵役の文化なのかなあ」

「それもあるんだろうけど」

「鍛えたら、見せる、と」

「何かさ、韓流は男の体が商品になってる気がする」

「そうかも！」

「世界に韓流として売ってるのは、男の顔や体なのかも」

「それで叱られる側も男になったのか！」

「期間限定らしいけどね」

「それにしても、オレンジ色の甘辛い食いもん、ほんと旨いね」

星野炎はその後も、ろくに韓国語の話せないまま、毎週の練習に通った。好天の日が多くて、「トウォヨ〜（暑ちい）」と言い合った。星野炎がかぶっていたアディダスのランニング用キャップを、太って陽気なアジョシがふざけて取って自分でかぶり、「イーモジャヌン、シオネヨ（このキャップは涼しいぞ）」といたく感心し、自分のかぶっていたビギシュ販売者用の真っ赤なキャップを星野炎の頭に載せると、「チェインジ」と言い渡した。ま、いっかと思い、そのまま赤い帽子が星野炎のものになった。

相変わらず練習はハードで、腕立て腹筋スクワットに反復横跳びを何セットも繰り返す。ゲームになれば、コーチは同じチームになった者一人一人の名を呼んでは、全力で走らないと追いつけないパスを出す。星野炎も頻繁《ひんぱん》に「ホシノー！」と連呼されては、右に左に走らされた。何だよ、韓国では年齢が一つでも上なら敬語のはずだろ、とぼやきながら、「ホシノー！」と呼んでもらうのが嬉しくもあり、星野炎はフリスビーをキャッチする子犬のように走り回った。

ひと月もたつと、練習の翌日も筋肉痛にならなくなった。そしてふた月めに気がついた。

「のの、見て、これ」と星野炎は上半身、裸になった。人生で初めて、星野炎の腹はシックスパックに割れている。

「俺、モミチョアヨだぜ」とまんざらでもない気分で、星野炎は言った。

友浦ののは「何、染まってんの」と大笑いし、「サッカーで裸になってくれば」とけしかけた。

「やだよ。だって裸になったら、俺のこと、公衆の面前で叱り飛ばすんでしょう」

「だから、裸になってきなよ」

ホムリスチュックでできた絆《きずな》は、ハングクサラム《韓国人》のチング《友だち》文化にあって、あっという間に蜘蛛《くも》の巣状に広がっていった。ハジャセンターというフリースクールで、なぜだかジャーナリズムについての特別講義をしたり。日本以上に誰もが同じヘアスタイルや化粧をするほど画一化されている側面のある社会で、はみ出した子たちが通っていた。ベトナムやフィリピン系の子たちもいた。すごく面白い教育をしていてホッとできる場だったけれど、問題は卒業した後、韓国社会に合わせるのが難しいことだ、と聞いた。

生活保護を受けているアジョシの一人に、うちに来い、焼き肉食わせてやるから、と言われて、お邪魔したこともあった。あいつ、絶対に無理していた。見栄っ張りなのだ。だからこそ、断らないでご馳走《ちそう》になった。

突然来なくなるアジョシもいた。星野炎を誘ってくれた、ホンデでビギシュを売っていたアジョシは、七月になるころ、いなくなってしまった。誰に聞いても行方はわからない。でもいつか急に戻ってくるかもしれないから気長に待っていよう、と言われた。その時には俺はもう帰国しているかもしれない、と思うと、魂の一部を置いて帰る気分だった。

アジョシたちと親しくなって、星野炎はどことなくアジョシがいそうな場所をうろつくことが増えた。思わぬ空間でアジョシは暮らしていたりする。一緒にサッカーをするようになったのに、知らないでい続けることは無理だった。さまよっていれば、ホンデにいたアジョシとまた会えるような気がした。星野炎の中で地図が変わった。

ソデムンのアパートの近くには、工事が中断してそのまま廃墟化した巨大な空き地があった。高いフェンスで囲われているのだが、一部が壊されている。入ってみると、一面藪《やぶ》の中、向こう側へ抜ける細い獣道が続いている。向こう側のフェンスも破られ、抜け道ができていた。

その藪の中を歩くのが好きだった。やがて、敷地の隅の、工事現場事務所だったプレハブの残骸に、人が住んでいることに気づいた。その前の地面に、小さな畑があったからだ。たたずんでいると、中から高齢のアジュモニ《おばさん》が出てきて、畑に水をやり始めた。星野炎はアンニョンハセヨと挨拶したが、こちらをちらりと見てうなずいただけで、星野炎はいないことになった。

そんな場所ばかり、星野炎は徘徊した。大規模マンション群がコンクリートの藪のように、あちこちで育ちすぎていたが、その敷地は厳重に囲われていて外部の者は入れない。ソウルは起伏が激しいため、多くの場合、マンションの裏手は丘になっている。星野炎は敷地の壁に沿って歩き、坂に行き当たると必ず上がった。丘の上のほうは岩だらけで、住宅街の廃墟があったりする。住宅街、なんて代物ではなく、細かな貧乏長屋の塊が風化しているのだ。

丘から市街を見下ろし、長屋の塊が生きていたころの生活を想像する。アジュモニたちが漬物を漬けたり、洗濯したり、食べ物を融通しあったり、少なくない子どもを叱ったりしているかもしれない。そのアジュモニたちを、アジョシ《オヤジ》やハラボジ《ジジイ》が酔っ払って怒鳴ったり殴ったり、他所に女を作って帰ってこなかったりしながら、政治を罵《ののし》ったりしているのかもしれない。

アジョシやアジュモニがそういう生活に至る流れを想像すると、星野炎は自分が自分でなくなるような、気の遠くなりそうな感覚を覚える。何しろ、三年五年で時代は変わっていき、人も激しく浮いたり沈んだり、殴ったり叩かれたり変転するのだ世界は。

ソデムンのトンニプ《独立》公園にも通った。大日本帝国が、朝鮮人の政治犯を収監していた刑務所跡地であるその公園で、星野炎は地元民たち同様、ジョギングをし太極拳をした。星野炎のモム《バディ》は、ますますチョアヨ《ナイス》になるばかりだった。

そうして三か月後、星野炎が帰国する日が近づいてきた。ソウル駐在の続く友浦ののとは、しばらく別居だ。

星野炎はお世話になったお礼にホムリスチュックの仲間にお礼をしたいが何がいいか、とコーチに相談した。コーチは、シジャン《市場》で売ってるバッタ物でいいから、マンチェスターユナイテッドとかバルセロナとかのレプリカのユニフォームを適当に二十枚くらい集めて贈ってくれると助かる、練習用のシャツが足りないんで、と言う。すぐ脱いじゃうからナシでもいいじゃん、と星野炎は思ったが、口には出さなかった。

「あ、ホシノのサイン入りでね」と言い添える。

「えっ、俺の？　間違ってない？　俺、恥ずかしいでしょ！」

「ホシノからのプレゼントだって印がないと意味ないだろ。だからそれでいいんだ、気にするな」

一番骨が折れたのは、それらしいサインを同じ形で量産できるまで特訓することだった。まとめ買いで値切ったバラバラのシャツに、油性ペンで同じサインを入れる。ニセモノ感満載で、自分らしいとさえ感じた。

最後の練習の日、星野炎はゲームの最中に浦和レッズのレプリカシャツを脱ぎ捨て、上半身裸になった。一同から歓声が上がり、次々と星野炎にぶつかってきた。通訳してもらうために初めて一緒に来た友浦ののとイムミヨンは、呆《あき》れたように顔を背けた。

練習が終わると、コーチがみんなに告げた。

「ホシノはこれで最後になる。ホシノがホムリスウォルドゥコップに一緒に行かれないのは残念だけれど、ホシノの心はこのチームに帯同する。我々はホシノの分まで血を流し、戦うだろう」

みんなは拍手をしてくれ、星野炎は一人一人に、相手の名前も入れた、自分のサイン入りレプリカシャツを手渡した。最後の一枚をコーチに渡すと、コーチは星野炎の目を見つめて言った。

「俺は最初、ホシノは軽い好奇心で冷やかし程度に見学に来たんだろうと思っていた。けれどホシノは毎週現れて、チームの一員になっていって、本気なんだな、ホシノは、本気で生きているんだなと思った。俺はいつか孫にホシノと名付けようと思っている。カムサムニダ。シーユー、アゲイン」

え、子じゃなくて、孫に？　しかもホシノは苗字《みようじ》だぞ、と戸惑い、でもコーチなりに感傷を冗談で隠したんだなとわかり、星野炎は顔で笑って心で泣いた。「ヒョンニム《兄貴》！」と韓国式の通る発声で叫ぶと、お互い裸のまま抱き合った。そして、「コーチ、モミチョアヨ」と言った。コーチは嬉しさの中に幾分かの恥ずかしさと困惑を潜めた顔で笑った。

三人で帰る道すがら、星野炎は「コーチ、いいやつだったなあ。感動した」と繰り返した。友浦ののはむすっと押し黙って不機嫌そうだった。星野炎は心地よかったこの日にケチをつけられたような気がして、「でも笑えたでしょ、裸マン同士のハグ」と言った。その言葉が癇《かん》に障《さわ》るだろうとわかりながら。

「ホシノホノオーッ!!」と突然、友浦ののは怒鳴った。普段の倍以上の豊かな音量の声は駅構内に反響し、よく通る発声法と相まって、すみずみにまで響き渡った。

「炎天下の中、何時間もおまえの通訳のためだけに立たせやがって！　あげくに、女のいる前でおまえが裸になるか！　罰としてノリャンジンのシジャン《市場》で刺身奢《おご》れー！」

「アルゲッスムニダ（仰せのとおりに）」

星野炎はうなだれ、力弱い声で素直に従った。イムミョンが、チンチャハングクナムジャ（本物の韓国男子だ）とつぶやいて、笑いをこらえた。

著訳者略歴

イ・ラン（이랑）

1986年ソウル生まれ。シンガーソングライター、エッセイスト、作家、イラストレーター、映像作家。著書に『悲しくてかっこいい人』、『私が30代になった』がある。2020年秋に河出書房新社より初の小説集『アヒルの名づけ方』（仮題、斎藤真理子訳）を刊行予定。

小山田浩子（おやまだ・ひろこ）

1983年広島県生まれ。2010年「工場」で新潮新人賞、単行本『工場』で13年織田作之助賞、14年広島本大賞を受賞。14年「穴」で芥川賞を受賞。著書に『穴』、『庭』他。

高山羽根子（たかやま・はねこ）

1975年富山県生まれ。2010年「うどん　キツネつきの」で創元SF短編賞佳作に入選。16年「太陽の側の島」で林芙美子文学賞大賞を受賞。著書に『オブジェクタム』『居た場所』『カム・ギャザー・ラウンド・ピープル』他。

チョ・ナムジュ（조 남주）

1978年ソウル生まれ。2011年に作家デビュー。17年『82年生まれ、キム・ジヨン』で今日の作家賞を受賞。同書は韓国で100万部を、日本語版が15万部を超えるベストセラーとなった。

デュナ（듀나）

本名、性別、年齢、経歴不明の覆面作家。ひとりの女性であるという説や3人の共同創作集団であるという説など、さまざまな推測がある。著書『蝶戦争』『太平洋横断特急』『舅婦戦』など多数（すべて未邦訳）。映画評論家としても活躍。韓国科学小説家連帯代表。

西加奈子（にし・かなこ）

1977年テヘラン生まれ。2004年『あおい』でデビュー。15年『サラバ!』で直木賞、07年『通天閣』で織田作之助賞、13年『ふくわらい』で河合隼雄物語賞を受賞。著書に『i』『おまじない』他。

ハン・ガン（한 강）

1970年光州生まれ。2016年『菜食主義者』でアジア人初の国際ブッカー賞を受賞。著書に『少年が来る』、『ギリシャ語の時間』、『すべての、白いものたちの』、

『回復する人間』他。

パク・ソルメ（박솔뫼）
１９８５年光州生まれ。２０２０年に白水社より『すでに死んでいる十二人の女たち』（斎藤真理子訳）を刊行予定。

パク・ミンギュ（박민규）
１９６８年蔚山市生まれ。２０１５年『カステラ』が日本翻訳大賞を受賞（ヒョン・ジェフン、斎藤真理子共訳）。著書に『ピンポン』、『ダブル（SIDE A/SIDE B）』他。

深緑野分（ふかみどり・のわき）
１９８３年神奈川県生まれ。２０１０年「オーブランの少女」でミステリーズ！新人賞佳作に入選。16年『戦場のコックたち』、19年『ベルリンは晴れているか』でそれぞれ直木賞、本屋大賞候補となる。

星野智幸（ほしの・ともゆき）
１９６５年ロサンゼルス生まれ。97年「最後の吐息」で文藝賞を受賞。２０１１年『俺俺』で大江健三郎賞、15年『夜は終わらない』で読売文学賞、18年『焔』で谷崎潤一郎賞を受賞。著書に『呪文』他。

松田青子（まつだ・あおこ）
１９７９年兵庫県生まれ。著書に、『スタッキング可能』『ワイルドフラワーの見えない一年』『おばちゃんたちのいるところ』他。訳書に、カレン・ラッセル『レモン畑の吸血鬼』アメリア・グレイ『AM/PM』他。

小山内園子（おさない・そのこ）
１９６９年生まれ。翻訳家。訳書にキム・シンフェ『ぼのぼのみたいに生きられたらいいのに』、ク・ビョンモ『四隣人の食卓』、イ・ミンギョン『私たちにはことばが必要だ』（すんみとの共訳）がある。

斎藤真理子（さいとう・まりこ）
１９６０年新潟県生まれ。翻訳家。訳書にチョ・セヒ『こびとが打ち上げた小さなボール』、パク・ミンギュ『ピンポン』、ファン・ジョンウン『誰でもない』、チョ・ナムジュ『82年生まれ、キム・ジヨン』がある。

すんみ
１９８６年釜山生まれ。翻訳家。訳書にキム・グミ『あまりにも真昼の恋愛』、イ・ミンギョン『私たちにはことばが必要だ』（小山内園子との共訳）がある。

初出一覧

チョ・ナムジュ「離婚の妖精」小山内園子／すんみ＝訳 —— 訳し下ろし

松田青子「桑原さんの赤色」—— 書き下ろし

デュナ「追憶虫」斎藤真理子＝訳 —— 訳し下ろし

西加奈子「韓国人の女の子」——「文藝」二〇一九年秋季号

ハン・ガン「京都、ファサード」斎藤真理子＝訳 ——「文藝」二〇一九年秋季号

＊本作は、「文藝」で書き下ろし掲載の後、Kim Joong-ii氏のイラストの一部が追加・変更のうえ韓国で「文学と社会」一二九号（二〇二〇年春号）に掲載されました。本書に収録したものはその修正版となります。

深緑野分「ゲンちゃんのこと」——「文藝」二〇一九年秋季号

イ・ラン「あなたの能力を見せてください」斎藤真理子＝訳 ——「文藝」二〇一九年秋季号

＊「文藝」掲載時タイトル「あなたの可能性を見せてください（당신의 가능성을 보여주세요）」から、著者による修正を経た最終稿を、本書刊行にあたり訳し直したものです。

小山田浩子「卵男」——「文藝」二〇一九年秋季号

パク・ミンギュ「デウス・エクス・マキナ deus ex machina」斎藤真理子＝訳 ——「文藝」二〇一九年秋季号

高山羽根子「名前を忘れた人のこと Unknown Man」——「文藝」二〇一九年秋季号

パク・ソルメ「水泳する人」斎藤真理子＝訳 ——「文藝」二〇一九年秋季号

＊本作は、「文藝」で書き下ろし掲載の後、修正のうえ韓国で「文学と社会」一二九号（二〇二〇年春号）に掲載されました。本書に収録したものはその修正版となります。

星野智幸「モミチョアヨ」——「文藝」二〇一九年秋季号

This book is published with the support of Literature Translation Institute of Korea (LTI Korea).

小説《しょうせつ》版《ばん》 韓国《かんこく》・フェミニズム・日本《にほん》

二〇二〇年五月二〇日　初版印刷
二〇二〇年五月三〇日　初版発行

著　者：イ・ラン、小山田浩子、高山羽根子、チョ・ナムジュ、デュナ、西加奈子、
パク・ソルメ、パク・ミンギュ、ハン・ガン、深緑野分、星野智幸、松田青子
訳　者：小山内園子、斎藤真理子、すんみ
装　幀：森敬太（合同会社 飛ぶ教室）
写　真：寺沢美遊
発行者：小野寺優
発行所：株式会社河出書房新社
〒一五一―〇〇五一　東京都渋谷区千駄ヶ谷二―三二―二
電話〇三―三四〇四―一二〇一（営業）　〇三―三四〇四―八六一一（編集）
http://www.kawade.co.jp/
印　刷：株式会社亨有堂印刷所
製　本：大口製本印刷株式会社

落丁本・乱丁本はお取り替えいたします。

本書のコピー、スキャン、デジタル化等の無断複製は著作権法上での例外を除き禁じられています。

本書を代行業者等の第三者に依頼してスキャンやデジタル化することは、いかなる場合も著作権法違反となります。

Printed in Japan　ISBN978-4-309-02883-5

完全版　韓国・フェミニズム・日本
斎藤真理子 責任編集

創刊以来八六年ぶりの三刷となった「文藝」二〇一九年秋季号の特集単行本化の第一弾。チョ・ナムジュはじめ韓国作家による短篇作や特別寄稿、日本の書き手によるエッセイ、対談、論考、ブックガイド、文学マップ、キーワード集など、充実の完全版！